U0143748

常书鸿全集

真与美散记

学术顾问　饶宗颐　樊锦诗　柴剑虹

主　　编　常沙娜

执行主编　陈志明

常书鸿　著

湖南文艺出版社

图书在版编目（CIP）数据

真与美散记 / 常书鸿著 .—长沙：湖南文艺出版社，2022.10
（常书鸿全集 / 常沙娜主编）
ISBN 978-7-5726-0024-1

Ⅰ . ①真… Ⅱ . ①常… Ⅲ . ①中国文学—当代文学—作品综合集 Ⅳ . ① I217.2

中国版本图书馆 CIP 数据核字（2021）第 014551 号

真与美散记

ZHEN YU MEI SANJI

作　　者：常书鸿
主　　编：常沙娜
执行主编：陈志明
出 版 人：陈新文
监　　制：曾昭来　谭菁菁
策　　划：吕苗莉
统　　筹：李 涓
责任编辑：吕苗莉　李 涓　谢朗宁
校对统筹：黄 晓
校　　对：彭 进
书籍设计：萧睿子
排　　版：百愚文化
印制总监：李 阔

出　　版：湖南文艺出版社
　　　　　（湖南省长沙市东二环一段 508 号 邮编：410014）
网　　址：www.hnwy.net
印　　刷：湖南省众鑫印务有限公司
经　　销：新华书店
开　　本：880 mm×1230 mm　1/32
字　　数：236 千字
印　　张：10.5
版　　次：2022 年 10 月第 1 版
印　　次：2022 年 10 月第 1 次印刷
书　　号：ISBN 978-7-5726-0024-1
定　　价：99.00 元

百折不悔敦煌魂（代序）

常沙娜

我的父亲，著名画家常书鸿带着他那对敦煌艺术事业无限的希望和未竟的遗憾，走完了他那充满拼搏的人生征途。但他的一生与我的成长道路却是如此地紧密相连，他一生中的坎坷成败与悲欢离合，他那锲而不舍的无私献身精神，时时都在滋养着我的心灵，深深地影响着我的人生观和艺术经历。

一

父亲经常说，自从他在巴黎塞纳河畔的书摊上见到伯希和的《敦煌石窟图录》，他后来的命运，也包括我们全家的生活，都与敦煌紧紧地相连，并结下了不解之缘。半个世纪以来，父亲乃至我们全家虽然先后在敦煌都经历了人间的悲欢离合，但情和魂却永系敦煌！父亲给我留下的最深刻的印象，就是不论遇到何种困难险阻，只要是他认定了的，他总是带着自信和不屈服于命运的那股犟劲（他自称是"杭铁头"），坚持着他对信仰的执着追求，并用这种精神锤炼着我，教育着我。自从我母亲不幸出走，为了敦煌的艺术事业，为了支撑这个家，照料年幼的弟弟，父亲在痛苦中毅然决定让我从酒泉的河西中学退学回千佛洞，并亲自为我安排了周密的文化学习计划，我一面承担家庭的生活重担，一面随他学习临摹壁画。他规定我每天必须早起，先练字（以唐人经书为字帖），后学法语（练习朗读法语一个小时）。他请董希文先生帮我辅导语文和西洋美术史，还请苏莹辉先生辅导我中国美术史。此外，他更要求我与大人一样每天上班去洞窟临摹壁画，并严格要求我从客观临摹着手（当时分为客观临摹、复原临摹、整理临摹），由表及里，顺着壁画原来的敷色层次来画，自北魏、西魏、隋、唐、五代、宋等朝代的代表洞的重点壁画全面临摹一遍。在临摹唐代壁画时，先让我向邵芳老师学习工笔重彩人物画法，由此给我打下了造型基础。父亲在每个环节上都必然耐心地指点，要求一丝不苟，从来不因为我年纪尚小可以比大人少画或随意些，相反，都以大人的标准和数量来要求我。每逢傍晚他也让我参加大人的行列，学会自制土黄、土红、锌白等颜料，还用矾纸、桐油油纸，以代替拷贝纸。这一切都引起了我极大的兴趣。通过对表面的客观临摹，他要求我逐渐把对壁画的时代风格、内容与形式、汉代传统与西域影响的特征的认识，从感性提高到理性。通过他的指点和董希文、潘絜兹等老师的示范，我很快就能得心应手地掌握各个不同时代不同风格的壁画的摹写。我在临摹的后期，尤对北魏、西魏、隋代的壁画产生了特殊的偏爱，很喜欢这个时期的伎乐人和力士。那些浑厚粗犷的笔触,加上"小字脸"的勾点,把神态和表情表现得具有洒脱的情趣和装饰性。父亲曾向我分析说:"这与20世纪前半期法国画家鲁奥注重线条表现力的粗犷画风很有相似之处。"他借此向我介绍了欧洲各类画派的形成和特色。

二

后来,我又在沈福文先生以及来自成都国立艺专的沈先生的学生黄文馥、欧阳琳、薛德嘉的影响下,对敦煌的历代装饰图案如藻井、佛光、边饰等进行了专题的临摹。由于父亲鼓励我多方面接触和体会,从而了解整体的时代风格,由此掌握绘画的技法,在他亲自教导及其他老师的示范帮助下,我置身在敦煌这座艺术宫殿里,任我在浩瀚的传统艺术海洋中尽情地遨游。

敦煌的冬季漫长而寒冷,滴水成冰,洞窟内无法作画,父亲就利用这个临摹的淡季,组织大家在室内围着火炉画素描、速写,请来的模特儿都是当地憨厚纯朴的老乡,我也跟着大人一起学习画素描。他还利用冬季深入少数民族如哈萨克族牧民生活区体验生活,住蒙古包,骑马,吃手抓羊肉,他也利用这种机会画了一批生动有意义的速写。生活虽然艰苦,但非常充实,让我受益匪浅,许许多多的事情我至今难忘!

除了临摹画画、学习以外,我还要照顾年幼的弟弟和父亲的生活，这也迫使我获得了较强的生活能力。父亲就是这样因势利导地教育和培养着我。凡是他要求我去做的我都能愉快主动地完成，唯有早起练唐人经书体没有坚持，至今深感遗憾！

父亲那种锲而不舍的精神，使他在敦煌事业中突破一个又一个的困难。他善于将不利因素转化为有利的条件，他一方面承担着维持当时敦煌研究所的日常行政工作，一方面为争取保护敦煌石窟最基本的条件而开展对敦煌艺术的临摹研究工作，生活上还要培育未成年的子女。在西北沙漠荒山中，经济的困窘、自然环境的威胁等这一切对多年留学法国的画家、知识分子的父亲来说是难以想象的。但是父亲凭借他坚韧不拔的毅力，迎着困难一关又一关地顶了过来。他恰似当地的红柳，把根扎得很深，透过层层的沙石戈壁吸吮着有限的水分，凭着那细密的叶子，不论是严寒还是酷暑，都能转危为安，巍然挺立。

三

父亲既善于克服困难，又非常热爱生活，在困顿中寻找生活的乐趣。1946年夏，他从重庆新聘一批艺专毕业的大学生，购置了图书、绘画器材及生活必需用品，乘着新得到的美式十轮卡车，并带着我和弟弟重返敦煌。由重庆出发途经成都北上，经川北绵阳、剑阁、广元后进入甘南的天水直到兰州，经历一个多月的时间，行程1500多公里，长途跋涉，异常艰难。就在这样的条件下父亲居然提出要从重庆带上一对活鸭和一对活鹅，装在竹筐内并固定在卡车的前面，由我负责沿途喂食，同时还要照顾弟弟。很多朋友和老乡看到带着鸭鹅的卡车都觉得很奇怪，父亲却风趣地说："也让它们移居敦煌，让敦煌的老乡看看除了鸡以外还有鸭和鹅哩！"这两对鸭、鹅陪伴着我们经过千辛万苦终于到达千佛洞，并在此定居下来。来年春天即开始下蛋，繁衍生息。四月初八千佛洞正值浴佛节的庙会，热闹非凡，老乡看到已破壳而出的小鸭子，都稀奇地问道："这小鸡子咋会长出扁扁嘴？"从此，千佛洞和敦煌县就开始有了鸭群。父亲还从四川带回各种花籽播撒在千佛洞的生活区，开得最茂盛的要算是波斯菊，上寺、中寺的院内从此就盛开着红、粉、白、紫的潇洒秀丽的波斯菊，映着橙黄色的向日葵，衬托着蔚蓝的天空，把这些荒沙戈壁中的院落点缀得格外灿烂，这景色曾给我留下极深的印象。父亲爱惜着千佛洞的一草一木，自从 40 年代他定居敦煌后，就给千佛洞立下了规矩，每年都必须种植树木，要把树林带逐年向北延伸扩展。经过 40 多年的努力，新树林带已延伸到下寺一公里以外，这对改造荒沙戈壁的自然环境来说是件百年大计之举。凡在千佛洞待过的人都知道"常书鸿视树木如生命"。正因为如此，在"文革"那个年代，"造反派"批斗他时，竟然采用了高呼一次"打倒常书鸿"便砍倒一棵树给他看的手段，以此来达到更深地刺伤他老人家的目的。

四

父亲的一生是勤奋不息的一生，在我的记忆中他从来没有图过清闲安逸，而总是把自己的工作日程排得满满的。直到年老体弱、脑力不济，他才放慢了生活的节奏，但在他精神稍好时，仍在家中或病房中坚持画静物或写字，偶尔还书写格言。他多次教导儿孙们："业精于勤，荒于嬉。"而他对于敦煌艺术事业的热爱与追求，正是他始终念念不忘、奋斗不懈的精神动力！

"不入虎穴，焉得虎子"及"萨埵那太子舍身饲虎"的精神，始终激励着他，成了他工作不息的鞭策。父亲不是单纯从事创作的画家，而是有渊博学识的学者，他把中西文化与绘画史的学识，融汇在他从事了近半个世纪的敦煌艺术的研究与保护工作中。他既能高瞻远瞩，又能从最基础的工作着手，竭尽全力从残垣断壁中保护这座伟大艺术宝库中的一砖一瓦；同时还以博大胸怀，团结一批忠实于敦煌艺术事业的专家学者，更以精深的学识将敦煌艺术的保护和研究事业不断向前推进。

五

父亲是浙江杭州人，并至终乡音未改，他在西北40多年仍操着浓重的杭州口音。当他叙述起青少年时代在家乡的情景时，总是那样地依恋：如何提着个篮儿到河边去捞鱼虾，到坟堆地里翻砖砾找油黑的老蛐蛐……对于这些回忆他都讲得绘声绘色。1982年父亲有机会重返杭州参加他的母校——浙江大学85周年的校庆活动，1983年他又专门回杭州为浙大创作了一幅大型油画《攀登珠穆朗玛峰》，在此期间他又重温了他青少年时代的旧情旧景。1988年浙江美院在杭州又举办了他的个人画展，这些活动都更增加了他对家乡人的情意。但是家乡再好，父亲仍是"魂系敦煌"，当他临近九旬时竟然提出："我已老而不死，但以后死也要死到敦煌！"当时我很不以为然地说："您胡说什么呀，人家都说您半辈子都在保护敦煌菩萨，菩萨会保佑您长寿的。"他接着说："人总是要死的，如果死在北京，骨灰还是要送回敦煌的！"没想到这一席话竟真成了他至终魂系敦煌的遗愿——他是把敦煌作为维系他生命所在的"故乡"来看待的。父亲的部分骨灰也终于如愿地送回到这令他牵肠挂肚半个世纪的千佛洞。愿他伴着九层楼叮当不息的风铃与那窟群中的飞天永远翱翔！愿他与那千百年来为敦煌艺术付出心力的无数创造者一样，与敦煌的艺术永存！

父亲有过一句全家人都知晓的名言："我不是佛教徒，不相信转世，不过，如果真的再有一次托生为人，我将还是常书鸿，我还要去完成那些尚未做完的工作！我的人生选择没有错，我没有一件让我后悔的事！"

1991年6月6日，我在父亲的房间里看到他用毛笔工工整整地写了这样一段话："人生是战斗的连接，每当一个困难被克服，另一个困难便会出现。人生就是困难的反复，但我决不后退。

我的青春不会再来，但不论有多大的困难，我一定要战斗到最后！——八十八叟常书鸿"。

父亲是这样说的，也是这样做的。这就是曾被世人赞誉的"敦煌守护神"的常书鸿对人生的真实写照！

将父亲毕生之作整理出版，是我多年来的心愿。在湖南文艺出版社的持续推动下，《常书鸿全集》即将付梓问世。欣喜之情，难以言表。此时，父亲百折不悔守敦煌的一生，令我追思无限，谨以这篇旧文代序，怀念我的父亲，纪念《常书鸿全集》出版。

写于 2021 年 12 月

目录

书 信

散文·札记

谁说人是有理性的动物？

一

同是一类的人，单单排出了，

一部分的同类，压在生活线的下面，

如牛马那样拉车，

像汽车那样工作；

辛苦一日，所得的酬劳，

还不能保持他一日的生活；

一方面是"饱食终日，无所事事"。

吃的是山珍海味，

住的是高楼大厦；

一方面是"辛勤苦作，终朝碌碌"。

吃的是菜根残羹，

住的是茅棚草屋；

一个是不费多少气力，

竟得到丰衣足食；

一个消磨了一日的汗血，

免不掉啼饥号冷；

"鹭鸶不吃鹭鸶肉。"

谁说人是有理性的动物？

二

同是地球上的人类，说什么：
种族，
国家；
A 种侵略 B 族的生产，
甲国抢夺乙国的疆土；
我要扩充我的劳力，
你要增加你的权利；
练了兵，
制了甲；
研究的是杀人，
奖励的是抢夺；
一部世界史，
哪一件不是杀人的成绩；
"成则为王，败则为寇"，
分明是猫狗式的争夺。
谁说人是有理性的动物？

三

同是世界上的人类，分什么：

妻女，

婢奴；

束了胸，

缠了足；

扮得如花似玉，装得如醉似痴；

博人们的欢心，

供人们的把玩；

无非是作为奉上峰的贡献品，

买卖式的婚姻制；

一部女儿经，

有许多制死儿女的苛条；

"女子无才便是德。"

谁说人是有理性的动物？

一九二二年五月一日 于工校

编者注：原载《浙江公立工业专门学校学生自治会刊》1922年9月10日第 1 期；辑自李晗、柴剑虹《常书鸿的原名及其两篇旧作》，载《敦煌研究》2018年第5期。

我对于新青年的忠告

欧战以后，人类受了"优胜劣败，弱肉强食"的影响，方才觉得人类应该互相有爱，不应该自相残杀，太平洋会议的目的，无非是为将来谋世界大同的预备，人类和平的前线，这是人类的新进化，战后的新觉悟。中国新青年受了新空气的影响，觉得对于改造社会的责任很重大，不得不把战后的新空气，介绍到中国的旧社会来，少不得有点新建设，于是有："改造"……"解放"……种种建设，我对于这几种建设，也很表示同情；不过我没有智识很幼稚，学问很简陋，断不敢以新青年自居，来谈那些新潮流、新文化。不过以我的主观，下几句批评式的忠告。"旁观者清，当局者迷"，或者有补于新青年，也未可知。

一

我们青年做事，最容易犯的毛病，就是言行不能一致。往往能说不能做，这也是我们不能取信于社会的缘故。还有意中人，专重空谈，得了几个新名词，就大吹大擂地做了一篇大文章。说得痛快淋漓，可泣可歌，然而检他的行迹，倒是个不堪闻问的糊涂虫，烟酒嫖赌，件件多是精敏。行为是行为，文章是文章，这种人在社会上，虽是不多，也很有几个，诸君从良心上问一问。这样人在社会上有什么益处？恐怕不但是无益，并且是个极危险的败坏分子。所以我要忠告我最亲爱的青年，若是要改造社会，应该多在行为上用功夫。与其多说，不如多做。要想正人，当先正己。能如此就可以使旧社会的人，从良心上感动，精神上觉悟，然后知道新文化运动的真正价值，这才是新青年改造社会的根本呢。

二

"妇女解放"这几个字，是现今改造社会的急务，也就是新青年的责任，应该切实提倡。不过在男女社交公开的初期，应该具有光明纯洁的心地。从真正解放的原理做去。千万不要错认了妇女解放，为求偶的良机！更应该取缔一般轻薄少年，借了解放的名，实行他兽欲的勾当，这是新文化运动的罪人，社会改良的阻碍物，应该设法驱逐他、杀除他。

三

新青年对于劳工解放，应从自身做起，就是我们应该时常做劳工的生活。若是像五月一日的扫马路、拉车子，倒也不必。因为这是形式地、暂时地，我们应当实际地、久常地做我们的工。第一件应当打破"君子劳心，小人劳力"的恶习惯。读书的时候，像一个学生，工作的时候，像一个工人。烹饪洗刷，也可以去做做，不必一定要雇婢女，差工役。不但女子应该如此，男子也应该如此。断不可"视工人如牛马"，因为看轻工人，是和劳工神圣自相矛盾的。虽然有不合理的地方，也应诚心开导他，劝解他，在这个机会，正可以下点新文化的种子，使他们知道劳工是"神圣的""有价值的"。

中国新青年，负的责任很大，对于世界应该有介绍新潮流的责任，对于本国应该有创造新社会的负担。在这个新陈代谢的当儿，应该注意的地方很多，以上不过其中一二件。简单说来，以后的新青年，当慎重行事，因为反对派攻击我们的地方，是在"品性""行为"。

一九二二年五月九日 于工校

编者注：原载《浙江公立工业专门学校学生自治会刊》1922年9月10日第1期；辑自李晗、柴剑虹《常书鸿的原名及其两篇旧作》，载《敦煌研究》2018年第5期。

画家吕斯百

从里昂到巴黎，我与斯百是在一起生活一起学习的同伴。他知道我的很多，同时我也可以说是一个比较了解他的朋友。在这过去十余年的时间，他继续不断地在油画上做功夫。与时俱积的功力进步，我只有在默读他的新作的时候，增加我多少畏惧钦佩的心情。

我们在民国十六年（1927）赴法时候，国内洋画界先进正在闹着派别的争端。可是我们并没有参加任何主见，埋头在里昂美术学校做那些基础的工作。因为我们知道新兴美术的繁荣需要根基的训练。我们共同在里昂国立博物馆中增加我们对于美术的识见。这个产丝的里昂城市原是法国十九世纪大画家夏凡纳的故乡。我们在上学去的早晨常谈论到这位画家。斯百爱他有诗意的画面，斯百爱他能将里昂阴湿雨天的水洼变作天国乐园的莲池，

1934 年，中国留法艺术家学会成员在巴黎（后排左一为吕斯百，后排右二为常书鸿）

那种富于想象力的头脑。有一天斯百真的把那幅挂在里昂美术馆入门楼梯边的夏凡纳的《乐园》大画临了下来。这是他第一次临画，却博得老师及全班同学的惊叹。从此他对于构图已得了入门的诀窍，每礼拜五当我们围着老师听受构图的批评的时候，斯百的作品总是特别得到优秀的嘉奖。

民国二十年（1931）夏，斯百和我同时获得学年考试外国人第一名奖誉。那是空前大事，里昂中法大学的同学都为这事传颂庆祝。斯百就在这年秋天到巴黎去深造，我还留在里昂。差不多每个礼拜我都接到他的来信，他告诉我巴黎那个艺术都市活跃着的艺术空气，显然他已为这种震荡的空气所感受。但是他并不像一般年轻的作家一到巴黎便目迷五色，不知所措。他是像他做人一样，老成持重地在吸收他所需要的教训。他选择劳伦斯做他的画师，同时在叙里安学院及巴黎美术学校工作。我是民国二十一年（1932）秋才去巴黎和他重新在一起生活一起学习。

这一年的别离，我是如何渴望要见见我的好友，同时也是我学术上对手的新作品。他这一年巴黎的留学确实有了显然的变更，他现在一变从前爱好诗一般夏凡纳的作品的心思，爱凡罗纳司及高更的东西，一幅静物《梨》就在这种际遇上画成功的。那时我们同住在巴黎第十四区巴蒂纳路的绘画工作室中，我惊讶他变更神速！他现在竟如此大刀阔斧地舍弃了我们在里昂美术学校恬静的画室中那种忠实的描写的态度，现在热烈果敢带着他自己的风度，我感觉到他的雄健有力无论在用笔用色方面都已跨上自己的道路，"真是了不得！"当我看完了一年来他的新作的时候，我用法文这样颂扬着。

巴黎三年他一直在发展他自己的作风，如此有把握地在继续创制他的作品。雄健、朴素、浑厚，他的画面经过了这三重组织，像一幅重厚的地毯，没有华丽的辞藻，没有虚伪的布置，一笔一笔如踏在雪地上的脚步。我们看得见他如何样子放下笔头，又如何样子提起笔头。决不偷工取巧的油滑，把重要关头放在交代不清的偶然中。这是他的功力独到之处，但多少人是不会了解他的。他的用色也和用笔一般纯化雅致，没有虚俗浮套，没有显耀人家耳目的不必要的夸张。如果有人称赞他的画有调和的特征，这就是他用色的成功！

回国以后，他就在中大艺术系教课，我当时还滞留在巴黎。我是在他回国两年之后才回来的。因为是从西伯利亚陆路回国，就停留在北平艺专。所以虽然回来却没有见面。直到一年冬天，斯百带着中大学生到北平旅行写生时才会见。那正是他在画《过去时代》的时候，他虽被文艺界称为田园画家，但在那些画中仍旧与静物《梨》是同样的含有浑厚朴素的一般作风！

抗战以后，斯百随着中大一口气就到重庆。我随着国立艺专自牯岭到沅陵、昆明，一直到民国三十年（1941）才到重庆，别离了三四年又见面，看见他在轰炸的陪都画的许多新作。他的作风我觉得已经在转变，能变到一种比较轻松雅洁的境界。尤其他在柏溪时所作的《庭院》及静物《桃与纸币》。《庭院》是含有厚重的维耶风味的成功作品，在那幅画中我们看到重庆近郊乡间那种纯朴的生活景象，一种恬静舒适的空气活跃在和谐的画面。《桃与纸币》用笔虽然仍旧与他数年前在巴黎画的《梨》有点仿佛。但是在用色方面已经有更加纯化雅致的倾向。此外还有许多风景画都是充分表现这种倾向的。

斯百作品的成功在纯化体会自然的深切，他是一个崇拜自然，爱护自然，生长在乡村的人。像米叶一般漫润在山村园林间，在那里操作，在那里领悟，甚至于可以说他对艺术的一颗赤热的心是完全胚胎在这绿水青山江南俊秀的自然风景中的。他对一个种子的发芽或一窠鸡蛋的孵生，是具有非常熟识的了解，他所了解的东西有时候常常使我们惊异不止，此外，他有坚强勇敢的实行精神，他能做人家所不能做的事，这种精神无论在作业、在领导青年、在处理公务上都是一样的贯彻。他能在最恶劣的心境中背了画箱到郊外去作画；他能在没有光线、没有火炉的冬天的教室中，当学生们正在袖手称难的时候，身先士卒首先工作以鼓励诸生们的勇气。民国三十年（1941）我们同住在南岸清水溪的时候，有一次为了要争一口对于力夫敲竹杠的气，他自己竟背了几条竹席从望龙门步行上清水溪。

这几年来，我们看到中国油画运动衰落，尤其是抗战几年以来物质供应缺乏，油画材料来源断绝，多少我们画油画的朋友都在仅有的几许残留的油画材料前不敢再作油画。同时因为国人欣

1948 年夏，常书鸿和女儿常沙娜在吕斯百家——南京大学校园宿舍区

赏习惯又不能鼓励油画作者，眼看多少自持不稳的朋友都在摇摇欲泄的精神中改变作风。中国油画运动也曾经有三十余年来的奋斗，有过可泣可歌的历史。我们继承着这种余业，虽然在目前情形，仍就本着自己责任在荆棘遍生的环境中做自己应做的工作。斯百是我们的中坚，他既要摇旗呐喊，又要稳扎稳打。最近，斯百选择接近抗战胜利这个时机，举行个人展览会。这是他努力十余年来的结晶，一定可以轰动中国画坛。我因为远处在如此迢遥的沙漠边际，不能亲自前去参与，是无限怅恨。拉杂写这些作为他此次展览的祝辞。

一九四四年五月四日于敦煌莫高窟

控诉美国强盗盗窃敦煌文物罪行

　　美帝国主义的老祖宗就是海盗，具有贪而无厌的欲壑，狼心狗肺，到处偷窃掠夺；这种海盗行为，和希特勒以及一切法西斯强盗出于一辙！我曾在希特勒的法西斯德国看到所谓"人种博物馆"，这里面陈列着近五十年来从东方各国所盗窃而来的文物史迹。这些宝贵的东方民族艺术的遗产，其中大部分包括我国新疆库车的壁画塑像以及埃及印度的文物等——却被这野蛮的生番，标列着极其侮辱我们东方优秀民族的野蛮词句。希特勒——这个帮助蒋介石绞杀过中国人民的凶犯，露骨地辱骂我们，曾为蒋介石认为亲人，同样，杀害中国人民的美帝国主义，也是蒋介石的干爸爸，它在我国进行过各种各样的匪盗行为，虽然披上美丽言词的外衣，但和希特勒在骨子里是一模一样，甚至比希特勒还狡猾、凶残百倍！

如众周知：敦煌文物近五十年来曾遭受了重大的损失，这个损失就是在上述情形下，被美英法诸帝国主义的文化间谍所掠去的无数人民财富之一部分。而美帝国主义对我国古代艺术的破坏、掠夺的卑鄙伎俩，更令人发指！我今天要代表西北人民控诉美帝国主义的文化间谍华尔纳盗窃敦煌艺术的无耻罪行！同胞们！打击美帝国主义！消灭这些人类的蟊贼！为了保卫我们祖上所遗留的优秀的文化艺术，我们要坚决地把这些海盗消灭在海里！

美帝国主义的华尔纳是继斯坦因、伯希和之后到敦煌来盗窃壁画、塑像的国际文化间谍之一。在1923年，他带了几个助手来到敦煌千佛洞住了几天。原来计划用钢片铲刀窃取壁画，但因为千佛洞壁画是画在从砾崖基础上搪泥的墙壁上，泥墙与石壁之间又呈现着起伏不平的表面，所以他在凭空毁坏了几垛壁画后，无法实现他很快达到盗窃的企图。本着他那狼子野心，又固执地采用布胶贴黏的方法，残忍地生割肉剥，窃取了一千多年的古代壁画，计有——

三二三窟初唐壁画三方
三二九窟盛唐壁画三方
三二〇窟盛唐壁画五方
三三五窟盛唐壁画五方

三六一窟盛唐坐式观音一尊

三七三窟初唐壁画一方

这些壁画、塑像，大部分是最优秀的代表作品。尤其是三二三窟是张骞出使西域的故事画。残留在那孔窟壁上的一块题记上写道——

前汉中宗既获金人，莫知名号，乃使博望侯张骞往西域○○○问名号○○

从这篇题记里可以证明，这个洞窟的壁画，并不像其他洞窟那样完全是宗教教义的传述，乃是中国民族历史极为宝贵的典故。美帝这种狠毒的自私的破坏行动，不特摧毁了一壁千余年前的艺术宝藏，而且毒辣地毁灭了我民族文化史实中一段宝贵的参考资料。这是一件不可补偿的损失！此外，三六一窟的盛唐坐式观音造像，是千佛洞全部洞窟中盛唐造像的代表作。这个洞窟的造像，全部都具有高度的造型艺术的价值。这座观音塑像全部饱满丰实的线条，围身的佩带璎珞，生动活泼的衣褶，被紧密地包裹着的身段轮廓，配合了金碧灿烂的色泽，实在是千佛洞两千多尊造像中最完整、最美丽，具备着代表典型的九个造像中的一个。然而，她被华尔纳强盗抢去了！千佛洞留着一个空虚心的座位，不，是美国强盗挖去了中国人民心头的一块肉，是中国人民心灵上永远不能弥合的创伤！这个创伤，是我们与美帝国主义的血海深仇中的一笔，曾掀起千佛洞附近沙漠田中劳动人民的仇恨！

　　强盗的贪欲是难满足的，华尔纳于此次满载回归美国后，竟又于1925年，又勾结当时的反动政府组织所谓敦煌考察团，携带了两大车的白布、胶质与其他便利偷盗的武器，浩浩荡荡地卷土重来。据当时参加考察团的陈万里在《西行日记》上所载，华尔纳——这个美帝国主义的文化间谍，计划欲将千佛洞的西魏代表作，即有"大代大魏大统四年"题记的洞窟的全部壁画，整个胶剥窃夺。但为敦煌人民所激烈反抗，打击了这批走狗与强盗，人民一致决定不让这些血腥强盗肆其掠夺手段，对华尔纳的"考察"和"考察团"作了果敢的规定——

　　一、华尔纳及所谓"考察团"的团员不准留宿千佛洞。
　　二、所谓"考察团"的团员全体去参观千佛洞时，必须受人民的监视，并必须当日返城。
　　三、不准触毁壁画及其他一切文物。

　　千佛洞离城四十里，牛车往返要走八个小时，因为人民群众的斗争和限制，这批窃贼不敢勾留，所以，华尔纳——美帝国主义文化间谍，在人民的威压下，只得空怀其强盗阴谋而返。我们中国人民是这样在卖国政府的统治下，和美国强盗斗争，而保卫了祖国的文化艺术遗产！

　　华尔纳第一次窃去的壁画和塑像，据说还陈列在美帝国主义的波士顿博物馆内。这些人类蟊贼和希特勒一样，摧毁了我们祖国的文化，虽然千佛洞的盗窃只是美帝的掠夺计划之一，我们要将这一笔文化侵略罪行列在美帝对我人民祖国不可胜数的血债上，我们一并坚决地向美帝索还！

一九五一年一月十一日于西安

编者注：原载《光明日报》1951年4月15日。

警告霍雷斯·杰尼和他的主子们

我代表敦煌文物研究所全体工作人员和敦煌县的人民，以无比愤怒的心情，坚决反对美国企图掠夺我国珍贵文物的阴谋！

对于敦煌文物工作者和敦煌县人民来说，美帝国主义分子劫夺文物的无耻罪行是知道得最清楚的。如所周知，敦煌文物近五十年来曾经受到帝国主义者不断的劫夺，其中最卑鄙最无耻的一个，就是1924年到敦煌劫夺了千佛洞唐代彩塑和壁画[①]，因而获得华尔街老板们的青睐，换得了剑桥哈佛大学伐格博物馆馆长的南陀·华尔

[①] 据不完全统计，1924年华尔纳在千佛洞用胶布粘去与毁损的初、盛唐石窟壁画，计敦煌文物研究所编号第320、321、323、329、331、335、372各窟壁画二十六方，共计三万二千零六平方厘米，其中初唐画有汉武帝遣博望侯张骞使西域迎金佛等有关民族历史与中国佛教史等的重要故事内容的壁画多幅，及328窟通高120厘米盛唐最优美的半跪式观音彩塑等数尊，这批赃物现藏美国剑桥费城伐格博物馆。

纳。显然的，如今华尔纳的同僚费城博物馆副馆长霍雷斯·杰尼，还要想循着华尔纳升官发财的旧道，"建议"蒋介石卖国集团把七万件被窃运台湾的我国的珍贵文物"送到美国去"。

霍雷斯·杰尼究竟是谁？他是 1925 年在华尔纳组织一个庞大的盗劫工作队之下，阴谋第二次大举盗窃千佛洞壁画的时候，受到敦煌人民激烈反对而没有达到目的的代理队长[①]。这个生动的历史事实，说明了中国人民传统的伟大的力量与坚决意志，足够使美帝国主义者一切侵略的意图注定要失败的！

我要警告那些以贼起家的所谓博物馆馆长、副馆长的华尔纳和杰尼一类的文化侵略强盗们与他们的主子！今天的敦煌人民，与全国人民一样已远不是二十年前反动统治时代所可比拟了！就在我执笔的时候，敦煌文物研究所的同志，在十五匹马力发电机的光辉照明下，日以继夜地工作，已把华尔纳、杰尼们在 1925 年企图用三大车胶布全部劫走的、敦煌最富有民族特征与艺术价值的、西魏大统四年（538）修建的第 285 窟整窟壁画原大原色地临摹下来，介绍给全国人民，让全世界认识美帝国主义侵略集团劫掠我国古代文化遗产的罪行是如何恶毒无耻。就在我执笔的时候，那个曾被华尔纳、杰尼们一伙匪徒所践踏过的千佛洞石室外边，

---

① 据当时曾经参加反对华尔纳运动的农民说，1924 年华尔纳偷窃千佛洞壁画、塑像的事，使敦煌人民非常愤怒，大家都去县政府及向千佛洞主持王道士诘责，并要他们向窃贼追还赃物。因此 1925 年华尔纳又组织了一个工作队，以杰尼为首，来敦煌企图用胶布剥离 285 窟整窟壁画时，敦煌人民拒绝他们去千佛洞，后来只允许他们到千佛洞去看看，不许停留，因而使杰尼等无从下手，阴谋未遂而去。

在沙漠中的月夜下，正聚集了五六千群众，他们有正在走向社会主义道路的合作社农民，有城市工商业者，有喇嘛道人、佛教居士，还有当年亲身参加过驱逐华尔纳及杰尼等出境而现在已是须发苍苍的勇敢的敦煌人民，在敦煌文物研究所主持下正举行着浴佛节的文娱晚会。在这个晚会上，五六千人一致表示坚决反对美国侵略集团掠夺我国文物的无耻阴谋，一致表示我们坚决要解放台湾的决心！让我严正地警告美帝国主义侵略集团：中国人民不但不许你们劫运我国台湾的一点一片的文物，而且有决心要追回包括敦煌壁画和塑像在内的过去美国从中国抢夺去的全部珍贵的文化遗产。我们坚决地相信，这个决心一定会实现，这个时间一定会到来！

编者注：原载《文物参考资料》1955年第8期。

喜鹊的故事——敦煌散记之一

解放前，千佛洞有几只喜鹊。有一年，来了一批国民党军官，他们打不到黄羊，就无聊地随手把见到的几只喜鹊用步枪打死。从此，千佛洞的人就看不见喜鹊了。

就在这年冬天的一个早上，忽然听到一声喜鹊的叫声，急急走到门外，看见窗外梨树枝头上站着一只喜鹊，这是劫后仅存的一只孤独的喜鹊。我像发现什么似的，带着怜悯的心情，随手把剩下的馒头放在窗边。这只在天寒地冻的沙漠中找不到食物的喜鹊毫无顾忌，狼吞虎咽地吃了下去。于是第二天来，第三天来……从此它就是我窗前的食客了。

冬天，在沙漠天寒地冻、草木枯萎的季节里，不冬眠的动物，的确也很难受的。譬如那些平时唧唧喳喳的麻雀，到了此时也变成勾头缩脑的偷食鬼，它们飞到食堂里，飞到粮仓里，变成生了翅膀的老鼠一般，到处偷食，甚至连糊窗纸的干糨糊也要偷吃。它们往往成群结队地飞到东来，东边的纸窗被它们啄破了；飞到西来，西边的纸窗被它们啄破了。我很恨这群麻雀！

自从喜鹊成为我的食客后，它也主动地成了义务的纸窗保护者，只要一听见它响亮的叫声，麻雀就一溜烟飞散了。正因为这样，这只喜鹊也居然理所应得似的，每天上午，太阳照到我的纸窗时，它就长鸣几声，一下子停在我的纸窗前。这时我就必须赶快拿了饲料出去，否则这只似乎有灵感的喜鹊就叫着，飞着，跳着，神情不安地等待着我的"布施"，直到吃饱了它才扬长而去，从此习以为常。有时我稍迟起一会，它就会在窗外不息地叫着，跳着，甚至有时会像打门似的用嘴打着纸窗，我虽也有点讨厌，但总是尽量满足它的要求。好在这样的时间并不长，大约从每年11月到次年3月的5个月中间，那正是塞外苦寒的时期。3月下旬千佛洞就开冻了，接着草木又开始生长起来，大概喜鹊的食物有所着落了，就自己想办法去解决，暂时不依靠我的"布施"了。一直到1949年，这只喜鹊，我已一连养了四个冬天。

随着全国的解放，敦煌研究工作受到党和人民政府的重视，工作展开了，工作人员也日渐增加了。为了改善我们沙漠上工作人员的生活，在修缮洞窟的同时还修盖了一些比较讲究的住宅。

从兰州买来了几箱玻璃，把中寺破庙里的纸窗一律改为玻璃窗，这是千佛洞空前的一个大改革。从此可以避免风沙，太阳光依然可以照进来。到了冬天，每一个温暖的小家庭，人们在炉火旁还可以晒太阳。扯上几尺花花布，每一个干部的家属都出奇制胜地做上窗帘，养上盆花，把房间布置得舒适、清洁、美丽。到了新年或春节，大家还随着西北农村习惯，在亮堂堂的玻璃窗上，贴了从敦煌图案中变化出来的大红剪纸。真是喜气洋洋，皆大欢喜！

1954年，中央文化部为了进一步改善我们的工作条件和生活条件，又拨给我们一台发电机和一辆汽车。我们修盖了一大间库房，专为停放汽车和安置发电机之用。在这个厂房里，我们也安装了玻璃窗。库房的玻璃窗面积较大，我特地嘱咐管理人要注意门窗的开关，不要刮风时打碎。次年的春天，忽地有人告诉我库房的玻璃被打碎了！那天并未刮风，门窗也都紧紧关着，我问了一下原因，说是可能被孩子打碎的，于是又给重安装了一块，不料在第二天，有人来说，玻璃又给打碎了！"真讨厌！"我有点不耐烦了。赶紧要孩子的家长们管好孩子，无事不要再到汽车房去。两天过去了，第三天中午，又传来打破玻璃的消息，我就觉得有点奇怪，是否有人在故意破坏？第四次安装好后，我特地提醒大家注意一下，看是谁连续做了这些坏事。

次日，不到正午的时光，我独自走到汽车房旁边，静悄悄的，那里一个人也没有。蜜蜂的嗡嗡声，包围着一棵盛开的杏花树，不时落下一些像雪片样的花瓣，有的落在白杨树下的小溪中随水飘了去。被暖热的太阳曝晒着的马兰花，已开出花朵，木樨已长出了嫩芽。清明过去仅仅半个月，但塞外的春天来得这样猛烈，翠绿的榆钱，油绿的白杨树叶，加上杏花、蜜蜂的嗡嗡，已是江南暮春的天气了。千佛洞穿上了绿色的春装，石窟前面拔地参天的白杨树叶已把古老的石窟遮没了……我正在欣赏千佛洞的春色，忽地听到一声我所熟悉的叫声，随即发现已快一个月不到我窗前来的喜鹊。这时它容光焕发地、矫健地像箭一样划破蔚蓝的天空，在白杨树的枝头上略略停留了一下。它看了我几眼，忽地一个箭步，飞跃在汽车房窗前，用嘴啄玻璃，烦躁地叫了几声，跳来跳去地望着玻璃反光中它自己在杏花背景中的影子，烦躁地像冬天在我窗外乞食那样，啄一阵玻璃，叫一阵……又飞到树上，对着汽车房窗户的玻璃叫着像会发生什么事似的。我正在怀疑，说时迟，那时快，一刹那，这只疯狂了一般的喜鹊，忽然它的身子像俯冲轰炸机似的冲击在汽车房的玻璃上。砰然一声，玻璃碎了，喜鹊惊惶失措地振翅飞去了。

一切依旧是这样寂静，像春光一样悄悄地静寂，溪水在流，杏花在落，有些被水带走了，有些落在细黄的流沙上刚停留下来，一阵微风又把它们带走了。在沙漠中，我如从梦中醒来一般，又开始了我的思索，像考虑沙漠中单身干部的感情生活一般，考虑一只孤单的喜鹊的问题。

编者注：原载《文汇报》1962年。

玉门关外有人家

玉门关是汉代中原通西域边陲的门户。当年从那里进口西域的玉石珠宝，玉门关其名就由此而得。在敦煌工作二十多年了，一直向往这个诗人吟诵的名胜，最近才有机会偿了这个宿愿。

这个名闻世界的玉门关，在平沙万里、四顾茫茫的沙漠中心，在现今敦煌城的西北三百里、疏勒河的支流边上。十四世纪意大利旅行家马可孛罗（今译马可·波罗）到中国来，在叙述这一段罗布沙漠的地理情况时说："这一片沙漠很长，据说由这一头骑马行到那一头，要一年以上。此处较狭，横跨过去，也得要一个月。全是沙丘沙谷，找不到一点可吃的东西……有时候迷路的行人会听到好似大队人马往来的声音，他们会随着声音而去，破晓之后，他们才知道是上了当，但已经迟了。因此，作这种旅行，行人都习惯紧紧依靠，往往头下也系了铃，如此方不致迷路。睡的时候放一个标志，以指示下一站的方向。这样一来，沙漠便渡过了。"（见向达译斯坦因著《西域考古记》）这只不过是六七百年前一个西方旅行家言过其实的描写。斯坦因（之）所以乐于引用，也是为了借以炫耀这个文化侵略高手如何在"西域考古"时度过了艰苦卓绝的历程，用以增高自己的身价。实际上，早于斯坦因两千年，早于马可孛罗一千三百年，汉武帝为了巩固祖国西北的边疆，一方面与匈奴作战，另一方面在太始元年（前96）不顾这沙漠地带地理环境上的困难，兴建了一道新的长城，包括瞭望台、小堡、仓库，它们都是芦苇和沙土间隔建筑的。长城本身构成了一道严密的防御工事。玉门关就在这条东西伸展在沙丘与戈壁沙漠之间的长城中心。

6月6日，我们乘坐汽车从千佛洞经过县城出西门，沿着阳关大道向西北行。敦煌最近下了一场七八年来难得的大雨，在初夏的阳光中，麦田里长得饱满的麦穗，随风形成了曲线形的麦浪。生产队的农民正在新芽苗壮的棉田里除草上肥。丰收的预兆，可以在社员喜悦的表情中看出来。过了党河桥，出汉代敦煌古城地区，车子驶进了戈壁。这就是上面马可孛罗言过其实地叙述过的沙漠。三列土坯叠出来约有三丈高的阙形的古代遗址，仿佛遥远地为玉门关指出方向似的；它在一片无际的沙漠中，格外显得庄严而伟大。汽车在古代通向玉门关的大道上奔驰，那是一条几千年来由驼、马、大车、戍兵和劳动人民走出来的大路，沿着地形自然起伏。我们这辆跃进牌卡车，真像戈壁上的汽轮，在瀚海波涛中起伏前进。初夏，沙漠中没有一根草、一棵树，太阳无遮无挡地照在我们头上，发出强烈的使人睁不开眼睛的光芒。露在外面的鼻子和手臂，不到一个钟点，就感到火烫一般的疼痛。大家在卡车后面兴奋地望着西北地平线，想着玉门关，盼着玉门关。这时，回顾敦煌绿绿的树木和闪射着金色光芒的鸣沙山，早已消失在汽车的后尘中了。只有那覆盖着皑皑白雪的祁连山顶，隐约出现在青天的边际。

现在我们到了沙漠的中心。一幅常在戈壁滩的日照中可以见到的瀚海幻景正在前面。通过瀚海幻景，我们的视线中出现了一个白色的小点。"是人吧？"大家集中视力在探视这个水平线上出现的东西。逐渐近来时，才看到一把白布的伞，伞下面一个戴眼镜的青年，正在经纬仪前工作。在伞的南面和北面，与白布相对的等距离中，垂直地支立着两个测绘的高标尺，标尺后面各由两个彪形的青年一动不动地掌握着。车子很快地从这个野外工作的场地经过，同志们不由得举起手来向他们致敬，他们红红的脸膛上露出了微笑。

长期在沙漠中工作的经验使我们知道，被烈日晒得炽热的戈壁滩上的空气，会使地面的东西在人们视线中扩大。当玉门关遗址远远地在地平线上出现时，它矗立在万里无垠的沙漠边缘，显得庄严而雄伟。

玉门关之所以高高地矗立着，和它那沙丘基地隆起也有很大关系。沙丘的四周为一圈干涸的河床包围，河床的外边又是高地。在东南西北四角，不同程度地可以看到倾圮了的碉堡的遗迹。北面下去和干河床接连着的，在水草和芦苇之中是一溪青碧的流水，不时有黑白相间的野鸭子从丛生的罗布麻中飞出来。罗布麻是沙漠水草地中野生的纤维植物，纤维细长，可以纺织成细软的织物，有很高的经济价值。它们随罗布河水流淌到疏勒河，因此在疏勒河水流所及的水草地上，也生长着这种植物。现在还是罗布麻开花的时候，一种美丽的略带紫色的淡红色吊钟花，在清澈的碧水和茵绿的丛草中显得那么鲜艳欲滴，形成戈壁滩上神话一般的奇迹！

玉门关完全是用土建筑起来的。现有的遗址可能是原来玉门关的内层（外层已有很大程度的剥蚀）。它既不是炕土墙，又不是土砖墙，有一点类似埃及的金字塔那样，是用无数层水平的约有三十厘米厚的浑然一体的泥板叠置而成，层与层之间什么也没有，从西关门脱落了的门顶，可以看到光滑的土黄色泥板的平面，平整新鲜，一如昨日才做好似的。大概这是一种失传了的西域流行的泥土建筑艺术。北关门和西门一样，在残毁处也可以看到一层层的大泥板的断面。东南两面没有开门。不开门，也是由需要来决定的。当然，经过两千年的变故，关内原来的设置已湮没无存了，只是东南角上还留有一个斜坡，这个斜坡一定是原来通向城楼瞭望哨的阶梯。我试了试，还能从残毁的土阶梯登上城墙。登高远望，可以看到自玉门关向西，在疏勒河水草间，有好几处大碉堡和像一条绳子一样联结着碉堡的不高的土墙。这些碉堡和矮墙，当下午三时日照偏西、在营沙耀眼的投影中，显得十分浑厚庄严。这就是汉武帝时代所筑的长城，以及用以瞭望西北来犯敌人的亭候和烽燧的遗迹。它们向西北远远地伸展出去，通过疏勒河沼泽和沙丘一直到看不见的盆地里。这地区的工事是烽燧相望，但长城却根据地形而筑，有时利用不可通过的沼泽，作为天然的防御线。这里烽燧的布置，根据《史记正义》："秦法，十里一亭，十亭一乡。亭长，主亭之吏。"根据《后汉书·光武帝纪》注释："亭候，伺候望敌之所。"又说："边方备警急，作高土台，台上作桔皋，桔皋头有兜零。以薪草置其中，常低之，有寇即燃火，举之以相告，曰烽。又多积薪，寇至即燔之，望其烟，曰燧。昼则燔燧，夜乃举烽。"但唐代制度，据《武经总要》载："唐法，凡边城候望，每三十里置一烽，须在山岭高峻处。若有山岗隔绝，地形不便，则不限里数，要在烽烽相望。若临边界，则烽火外周，筑城障。"所以我们看到在烽燧之间断断续续的长城遗址，正反映了这个情况。

更向西，那是当年汉与匈奴经常交锋的边陲。汉武帝为了防御匈奴，才诏谕酒泉太守，根据"察地形，依阻险，坚壁垒，远候望"的原则，建筑长城和烽燧。我们于是沿着西边长城走去，跨过沼泽和沙丘到达黑油油的长城遗址。两千多年了，我们从倾圮了的长城缺口，看到它是由纵横叠置的芦苇和沙土间隔着一层一层垒起来的。那些在缺口处撒着的两层厚厚的芦苇，至今还是一根接一根完好如新地紧密地排列着。两千年来为风沙所侵蚀、那一行一行突出着的，是芦苇的夹层；沙土层虽也因为风沙侵蚀剥落了一些，但碱化之后，现在变成石头一般的坚硬。看着这个荒漠绝塞、经过两千年时间考验的汉代长城，我们深深感到，从事这项工作的劳动人民，如果没有高度的智慧和毅力，哪能做出如此坚固的工程，完成如此严肃的业绩！

沿着长城西去，接着就是一个汉烽燧的遗址。这个遗址和玉门关遗址都在二十世纪初受到帝国主义分子的洗劫。这就是发现了数以百计的称为流沙坠简的"当谷燧"遗址。经过时代的侵蚀，五丈高的烽台已残剩得一丈多了。台下三间房子，可能为斯坦因发掘时所拆毁。但现在还仿佛可以看到三个房间和一个已残毁了的阶梯。这就是唐书《通典》上所载的所谓屈膝梯吧！屈膝梯和它附近的墙壁，都是由一毫米厚的纸筋石灰的墙皮三十几层糊裱起来的。因此阶梯还保持平整如新的形体，令人十分感动。我们随手在倾圮了的墙土中捡到残破的汉简一枚、灰白色的汉代绸布一块和一个坚硬的木钉。最使我们兴奋的是，在玉门关附近残破的汉陶片中间，拾得一个土制油灯盏。油灯盏原来的厚度不及三毫米，但为历年来油脂的黑膏所积，现在的已厚达三厘米到四厘米了，油脂黑膏把整个土油灯盏全部包了起来。手中摆弄着戍卒或烽子们使用过的油灯盏、木简和绸布，我登上了屈膝梯，举目远望，望长城内外疏勒河的周遭。——过午三点钟，千里戈壁，烈日斜射，远远地一阵风沙骤起，在风沙后面我仿佛看到一批滚滚而来的胡骑，于是前面几个烽燧中升起了烟火，戍卒们紧张地准备剑弩；鸣鼓声，厮杀声……古代边塞疆场的情景，征戍者们的战地生活，一幕幕浮在眼前。想象到这里，使人不禁要想到，古代坚守在边陲烽燧上的无名的中华健儿，他们是多么的艰苦。

风沙过去后，玉门关内外又恢复了平静。一辆一辆附近人民公社从事生产建设的大车，载满了从疏勒河中收割来的芦苇，正向敦煌驶去。我们也乘坐汽车，从古老的玉门关向东行驶。

玉门关，渐渐落在后面了，但它依然庄严而雄伟地矗立着。

编者注：原载《光明日报》1963年9月14日。

敦煌抒感

看过电影《昆仑山上一棵草》的人，认为这棵草之所以可贵，就是因为它生长在冰天雪地、风雪冲刷的高原上，不但忍受着严酷的自然气候考验，而且还能顽强地开出美丽的花朵。敦煌之所以迷人、令人向往，就在于它僻处祖国西北边疆，在寸草不生的祁连山下，在千里戈壁、瀚海风沙中，矗立着闻名于世的敦煌莫高窟。一两千年以来，人们靠着鸣沙山和三危山之间自南到北的一溪宕泉细水，在严寒酷暑、黑风黄沙中，以不屈不挠的顽强意志，从培养一根草开始，于是一株杨树、一棵果树、粮食、蔬菜……在平沙万里中，创造出一个风景如画的绿洲。多少年来，无数的建筑师、石匠、画工和塑匠，他们来自中原或更西更远的一些地区，以顽强的毅力，在悬崖峭壁上，开山凿窟，抹泥刷粉，从五胡十六国开始，经过北魏、隋、唐、五代、宋、西夏、元，1000余年间，世世代代、前仆后继地不断努力，开凿了1000多个洞窟，创造出这个绵亘两公里，如此惊心动魄、伟大瑰丽、举世无匹的莫高窟画廊。

现在的敦煌是清雍正三年（1725）设县的。那时钱塘人汪德容经过敦煌时就写过："今寺已久湮，而图画极工。"到了嘉庆末年（1820），西北史地专家徐松又在他的《西域水道记》中对莫高窟作了详细记述。光绪五年（1879）匈牙利人洛克济第一次以欧洲人的身份来游莫高窟，这个意外的发现使他大为惊叹。莫高窟震动世界的大事，是众所周知的光绪二十六年（1900）在一个密藏的石室发现了几万卷名贵古抄本和其他无数宝藏，并且保存得完完整整。这一震动世界的发现，使专以盗窃世界文化珍贵遗产为职业的帝国主义文化间谍接踵而来，用种种阴谋诡计盗走了大批古代文物和壁画。

敦煌莫高窟这一历经1600年的漫长历史文物宝库，我知道时已经很晚了。20世纪30年代，当时我在国外看到斯坦因、伯希和从敦煌劫去的具有高度艺术水平的唐代前后的绢画和手抄本，大为惊异，就渴望到敦煌做一回详细考察，10年后终于实现了这个愿望。

那是距今20年前的事了。当时通向敦煌的汽车路尚未修通，我们五六个初次出塞的旅客，在安西雇了十几头骆驼，在荒无人烟的戈壁滩艰苦地前进着。经过了三夜两天饱受困乏和饥渴的行程之后，当我们对着鸣沙山、三危山的方向，从新店子转向南行上了二层台子时，一个土塔忽然在我们的视线中出现了。它在中午炽热的日照下，真像瀚海中的灯塔一样，闪闪发光。带路的驼夫指着土塔告诉我们敦煌莫高窟快要到了。我们听了十分兴奋，一步一步接近着土塔。这时候，我在骆驼背上，从一个陡坡望下去，发现峡谷中一片光彩耀目的绿树。白杨流水，绿树成荫，真是别有一番天地！突然间，驼铃失却了原有的节奏，骆驼紧张地加快了脚步，一时间，在狭隘而堆满了流沙的下坡路上争先恐后地跑起来。尽管驼夫挥动鞭子，大声吆喝，还是无济于事，十几头骆驼一拥而下，我们被摇摇摆摆地拖下了斜坡。一下坡，骆驼便奔赴泉水边排成不规则的行列，低下头去狂饮了。这时几个善骑的小伙子，也迫不及待地跃身而下，向前跑去。我虽然被不听话的骆驼作弄得很难受，却还是喜笑颜开地环视这一片豁然开朗的新天地。"是一个塞外江南呀！"我独自思忖着。当时那种喜悦的心情，与正在饱饮清泉的骆驼和那些早已跑到上寺去为我们安排生活的小伙子们，几乎都是一样的。

20年很快地过去了。在这一段长长岁月里，我们的国家全变了样子，敦煌的一切自然也今昔不同，特别是解放后这10多年。在敦煌，我前后大约接见了5000个前来参观的客人。虽然他们的感受不完全相同，但是对这一片豁然开朗的新天地的赞赏，却完全是一致的。现在，当我在敦煌工作跨入第21个年头时，窗外和暖的风和不知从哪里飞来的翠鸟清唱声，打破了莫高窟的平静。柳树在春风的熏沐中最先穿上嫩绿的新装，园子里的杏花正在一树接一树地怒放，梨花和桃花也都含苞欲放。一支春天的颂歌，正在自远而近、由低渐高地吟唱着，这歌声响彻了莫高窟的天空，弥漫了沙漠绿洲的每个角落。

就在这时候，一连好几天，我在等待着一个事先约好要来这里参观的客人。

这是一个月前我来敦煌时，在兰州—乌鲁木齐直达快车中认识的一个旅客，他当时由北京去新疆工作。我们虽然是萍水相逢，但是在两天一夜的旅途生活中已经成了很相知的朋友了。我们两人同住在一个房间中，除了吃饭时间外，总是聊天，夜间很晚才入睡。1963年2月27日零点，我们听到了《人民日报》社论《在莫斯科宣言和莫斯科声明的基础上团结起来》的广播。彼此都非常兴奋，从国际形势谈到了当前的工作，谈到了我国6亿人民在伟大而坚强的中国共产党、毛主席和中央人民政府的正确领导下，这几年来如何战胜一切困难，自力更生，以勇往直前的豪迈步伐，进行着宏伟而壮丽的社会主义建设，就像兰州—乌鲁木齐的直达快车一样，用飞快的速度冲破了戈壁沙漠的夜色，奔向更加绚烂的前方。

火车出了嘉峪关，正在沿着旧时阳关古道蜿蜒前进。2000多年前，汉武帝的特使张骞正是由这条路经过千辛万苦突破匈奴的封锁线，历经13年，终于到达大夏国（今阿富汗），从而开拓了中西交通要道，沟通了中西文化与贸易的交流。当时出口的中国精美丝绸锦绣，曾丰富了世界物质文化的内容。敦煌地方就是中西交通要道的一个中间站。汉唐以后 1000 多年来，这条路一直被西方国家称为丝绸之路。如今，在我们社会主义建设时代，却把它铺了钢轨，变成一日千里的"钢铁之路"了。但 2000 多年前的"丝路"和汉代长城及防御匈奴的烽燧遗址，还是断断续续遗留在茫茫戈壁上，可以从列车窗外的淡淡月色中依稀地见到。这些历史的陈迹，使我们想象到当时在这条"丝路"上成千上万的骆驼驮着长安、成都和齐鲁生产的锦绣绫罗络绎不绝、兼程赶路的情形；也使我们想象到那些年富力强、不畏寒冷与孤独而雄健地站在烽燧上向西北方瞭望着的汉唐时代保卫祖国边塞的戍卒。由对这些戍卒的想象而使我们以更加深厚亲切的情感惦念起如今坚守在祖国边疆的人民解放军战士——这些钢铁打就的英雄，毛泽东时代的坚强战士，他们是我们民族的骄傲！历史的想象和现实的联系，使我们不能不感到过去到现在的巨大变化！假如说，2000 年中国的历史，是缓慢地从封建社会进到了半殖民地半封建的社会，那么我所亲历的这 20 年的变化，却是了不起的历史变革的巨大跃进。拿我亲身经历的事情来说吧，当时在饥寒与困顿中，骑在骆驼背上摇摇晃晃三天三夜才走完自安西到敦煌 150 公里的行程。而今天，我们却在软席卧铺上，只经历一天一夜的时间，就几乎完成了 1000 公里的长途旅行。在极度兴奋和激动中，我情不自禁地向同行的朋友讲述了我过去在这个地区的种种遭遇。朋友听我讲完之后，向我伸出一只热情而温暖的手，紧紧地握着我的手，使我又从往昔的回忆里，返回到现实的生活中来。一股两个人共有的时代幸福之感，使我们的眼睛热烘烘的……是谁，是谁给我们这样大的幸福呀？于是，我们想到先烈们，想到了我们的党，以及数不清的、以冲天的革命干劲献身于社会主义建设事业的亿万劳动人民。

"过一个月，我完成了新疆的工作，在返回途中路经柳园时，我一定到敦煌去看你和你们的塞外江南！"在车站分别时，朋友对我说。一个月很快地过去了。今天，我正在怀念火车上遇到的那位朋友。忽地一辆小吉普送来了一个客人，细看正是我所盼望的那位朋友。"真是塞外江南！"他一看到我出来，欢乐得几乎喊叫起来。他指着旁边的溪水微笑着对我说："这就是当年骆驼在此狂饮的宕泉吧？"我们边谈边笑地走进宾馆的休息室。这时，院子里的两棵怒放的杏树，正从玻璃窗中反射进来，使房屋的墙壁上呈现出一片桃色的光彩。"这个地方太好了，真是个桃源仙境……可还是把我带到洞子里去看看那些好看的壁画吧。"他不住地赞叹着环境。他是那么紧张地从北魏早期洞窟开始，然后隋、唐、五代、宋、元，一口气也不歇地看了五个钟头。他必须赶乘当夜柳园到兰州去的快车，这样，我们就不可能按照一月前在火车上计划的那样再在千佛洞作深夜长谈了。终于在新月和电灯光的交织中，迎着傍晚清凉的春风，送别了我的朋友。

云彩遮盖了新月，一阵比一阵凉的夜风，使我预感到，从中午23℃的气温，黎明前可能会一直下降到3℃左右。有人也许会担心，这将会冻伤那些白天没有绽开的花朵，然而这些顾虑是多余的。每年春天，一样的冷热气候的剧烈变化，一样的花开花谢，风霜锻炼了一切。这里长出了别处没有的鲜甜脆嫩的李广杏和香水梨。对于农作物生长来讲，这里水土含碱量大，全年无霜期短促，因此，除掉一般的耕作劳动外，必须多上肥，勤翻土，常日晒，为了中和水土的碱化、硬化，还要把一车一车的沙子掺和在土和肥料中。要使农作物随着时序好好地生长，就得严格掌握季节变化的规律。春分、清明、小满，是三个对塞外粮棉及其他经济作物而言的重要节气，必须分别种子性能，一一按时下种。"不违农时"这句话的含义，没有像塞外农民这样真正理解得深刻了。

气候的突变，往往使工作量成倍地增加，越是在季节更替的时候，沙漠中的气温变化就越大。譬如这几天，杏花、梨花满树，满园开得十分艳丽，忽然一阵七级到九级的黑风黄沙，就可以使这些花一夜凋零。再譬如，昨天中午气温达到23℃，可是今天黎明忽然来了个 –5℃的霜冻，幸好现在有及时的气象预报，农民们能够及时地预防。为了战胜霜冻，有多少次，我在敦煌亲眼看到人民公社的男女老少，用自己的棉被、衣物和其他东西覆盖在棉苗上。黎明的晨光中，就可以看到一层小雪一样的白霜撒满了整块大棉田的各色各样的东西上。看了这样的奇景，我特别感动。

记得1958年，曾遇见一次突然袭来的严重霜冻。当时，我正在一个公社大队，亲眼看到了社员们在这场和自然灾害的斗争中表现出的保卫社会主义集体劳动果实的高贵精神。那是一个5月之夜，寒气逼人，这一夜，全公社男女老少全部出动参加抢救工作。每家都把自己的被褥、衣物、柴草直到木板、报纸、书本，等等，一切能够抵御霜寒的东西都拿了出来。我走进一个农民家里，土炕上只留着一位年老的妇女，怀里抱着一个熟睡了的小孙女。我向她打招呼后，在灯光下认出她是张大嫂。我问："大嫂，你这夜里没有盖的，不睡觉能行吗？"张大嫂笑着对我说："哪里话呀，好所长！你到这里20年，不是不知道解放前我们这里的人是如何过冬的。如今解放了，大家翻了身，有了花缎被、花床单，眼下有霜冻，我们在炕上坐一两晚怕什么，怎能自顾自，忍心把队里的棉苗白白冻死在地里？"她这一番从肺腑里倾吐出来的话，使我回想起我刚来敦煌的时候，看到这一带的农民被国民党马匪帮的一次洗劫。青壮年被抓去当了兵，家中的东西包括仅有的被褥等，全被抢光。冬天来了，为了御寒，在精光的土炕上，垫满了沙和草，一家老小就靠着炕底下燃着的马粪取暖，把身体埋在沙草中度过漫长的冬夜。

这就是敦煌人的今昔。

如今，生活在这号称"塞外江南"的劳动人民，也像全国其他各地的人民一样，正在以空前高涨的热情从事着伟大的社会主义建设，他们用自己的双手创造和过去完全不同的世界。假如人们认为，"塞外江南"的风光是新鲜与可爱的，那么那些世世代代在塞外与严酷自然斗争中锻炼出坚强性格、从来不知道在困难面前低头的敦煌人民，会使他们感到更可爱！

1963年4月1日于莫高窟杏花盛开的早晨

编者注：原载《人民文学》1963年第11期。

敦煌新姿

我在 1943 年来到敦煌千佛洞，至今已整整 23 个年头了。为了保护和弘扬这个偏处在沙漠塞外的民族文化遗产，我度过了多少难忘的日子啊！那时候，国民党反动派的军队抢购物资，敦煌城里商店全部罢市，萧条冷落，连我们生活上必需的碗筷锅盆都无法买到。我们第一餐饭用的就是戈壁上红柳条做的筷子。为了柴米油盐，为了减少风沙的侵蚀和威胁，为了解决当时塞外难以得到的临摹壁画用的纸笔颜料，无论是严寒盛暑，还是风沙月夜，我们往返于城乡，跋涉流沙戈壁，真是精疲力尽，叫苦无门，况且，谁知道前面还有多少艰难困苦等着我们呢！

当时为了保护石窟，凭着一股工作热情，不管一切困难，借了钱，雇了 100 多个人，沿着千佛洞外围，造了一堵长达 200 米的围墙。

再加上其他去沙、修洞口、建走道的栏墙等，弄得工资都发不出去，生活难以维持，到处借贷，到处还不了。在国民党统治下的暗无天日的时代，敦煌工作中的甘苦，真是一言难尽。

苦难的日子终于熬过来了。我永远不能忘记 1949 年 9 月 28 日，这一天敦煌解放了。我们在一个秋高气爽的早晨，迎接打垮了国民党反动派而来千佛洞参观的中国人民解放军。他们的热情和对我们的鼓励，把我们在旧时代积存下来的痛苦心情一扫而光。敦煌解放不到一个月，我意外地接到来自北京的西谛同志的信。1948 年敦煌艺术在上海展出时，西谛同志曾给了我们很大的帮助。这位热爱祖国文化艺术的同志，今天又是他，第一个从遥远的首都来信对长期在沙漠中工作的我们致以慰问。他的慰问信，使长期在沙漠里边工作的同志们得到很大的鼓舞，它使我们感到党对文化工作的重视，给我们坚持在敦煌工作的同志增加了无限的信心和力量。

不久以后，我们接到文化部的指示，要我们集纳历年壁画的摹本拿到北京展出，作为正在轰轰烈烈进行的抗美援朝爱国主义教育活动的内容之一。展览会是 1951 年春在北京午门展出的。这个展览会搜集历年摹本 1000 余件，规模不小。敦煌这宗民族文化艺术遗产，在中国共产党领导下经过整理，在北京展出，受到国内外千千万万参观群众的赞赏，起了国际文化交流的作用。

这几年来，除了整窟原大的壁画临摹外，在党的"百花齐放、百家争鸣"文化方针政策指引下，敦煌工作从美术、历史、考古、宗教、建筑等方面都开展了科学研究。来自全国各地大学毕业的青年和老同志一起，以马克思列宁主义和毛泽东思想为指导，对这个浩如烟海的古代艺术宝库进行分析批判和研究。为了贯彻"推陈出新"的方针，在临摹的基础上进行了制作新壁画和彩塑的尝试。对于壁画起甲、变色、脱落也开始进行科学研究，采取措施，加强壁画保护。其他如石窟历史的分期和排年，我们应用考古学、层位学的方法，认真工作，石窟的档案也在逐步充实。大型石窟全集的编写经过长期准备后，正在摸索中开始出版。为了配合沙漠中研究工作的需要，一个掌握有两万多张照片和近两万册书籍的资料室也建立起来了，图书馆藏有敦煌遗书的显微胶卷和五六百卷各时代重要写经等古代文书，还有一些唐代的绢画和历年在千佛洞遗址前发掘出来的文物。洞窟的窟数已由1943年我初来时的309窟，增加到490窟。在许多新发现的洞窟中我们发现了重要的壁画、塑像和有纪年的题记。这些新的资料对我们研究工作有不小的帮助。

1962年开始，我们国家以一笔巨额的资金，为千佛洞的彻底维修、加固进行大规模的工程建筑。解放以来的16年，差不多每年都进行洞窟的维修。1954年，洞窟里安装了电灯，所里配备了汽车，逐年维修栈道和窟檐。但是，这个久经沧桑的古老洞窟，经过千数百年的自然及人为毁损，病害是严重的。

1962年，北京来的工作组，集合地质勘探、防沙、美术、古建筑等方面的专家，对洞窟进行缜密考察，最后发现因风化和洞窟掏空而引起的岩壁自身水平和纵向裂缝的病害，如不彻底加固，可能发生坍毁。经过勘探设计和研究，我们请来了100多个专家和熟练工人，用钢筋混凝土和花岗岩片石砌起大面积的砌体，用作支顶和推挡有病害的洞窟。到现在为止，一共加固了261个洞窟7000多立方米的挡墙和梁柱，对363米的岩壁进行了彻底的加固。这项巨大的工程，不但对洞窟本身起到了加固作用，而且也解决了全部洞窟壁画经常受风沙、雨雪和日光的侵蚀（的问题），从而使壁画色彩免致变色脱色。为了安全解决洞窟之间的往返交通，现在我们用钢筋混凝土和花岗岩片石砌体代替唐代文献上记载着的木构"虚栏"或"栈道"。

如今，当我在雄壮坚实的混凝土的新建栈道上巡礼流连时，想起解放前我们用泥土树枝拼凑的木桥土墙，我不由得热泪盈眶，深深感激中国共产党和毛主席的关怀使敦煌艺术恢复了青春！

现在正是千佛洞秋色宜人的季节，16年前的秋天，我们虽然盼望共产党和解放军的到来，但是究竟不容易预见到16年后和全国各地一样，千佛洞起了如此翻天覆地的变化。如果要像壁画题记上的"功德"那样表达我的心情的话，中国共产党才真正给了民族文化事业的保护，为子孙万代做了伟大的功德啊！

早晨，我在金色的晨光中，踏上一层安装好了的钢筋混凝土围栏栈道，看着蓝天白云、葱绿的林荫路，看到淙淙溪流中灰色

晚年的常书鸿夫妇在敦煌

的庄严又美丽的层楼重阁的倒影，仿佛走进了"天方夜谭"中一样，忽然发现我是站在一座雄壮伟大的古代艺术宫殿前，这是一个包含了两公里长、4.5万平方米壁画、前后1000年不断创作的美丽壮观的画廊……

16年过去了，从敦煌工作来说，16年在党的领导下所取得的成就是不小的，我们可以看到，千佛洞的工作一年比一年进展得快。当然，前面还有许多工作等着我们去做，我们一定要按照党的指示把工作做得更好。

编者注：原载《光明日报》1965年10月7日。

周总理关怀敦煌文物工作

我们敬爱的周恩来总理逝世一周年了，回忆周总理对敦煌文物工作的亲切关怀和谆谆教导，我们格外怀念周总理。

敬爱的周总理对于敦煌文物工作的关怀、鼓励和指导，我们永世难忘。周总理一直教导我们要遵循毛主席的无产阶级革命路线来看待祖国文物。他自己对于文物的历史和艺术评价是那样的正确，把文物为毛主席的无产阶级革命路线服务运用得又那样恰当，令人感佩，对我们教育至深。在周总理的亲切关怀下，1972 年至 1973 年，中国出土文物展览在北京公开展出，国际友人大为赞赏，纷纷要求能将这批"文化大革命"后的出土文物拿到他们的国都去公开展出。后来，这些文物远涉重洋到许多国家展出，增进了我国人民与各国人民的友谊，被誉为"文物外交"。当时，我正在北京，有关部门的领导同志经常向我们传达敬爱的周总理在日理万机之余往往在午夜或次日凌晨，对文物工作做谆谆教导和详细指示，这使全国各地来首都的文物工作者深为感动。就在敬爱的周总理这些指示的感召下，有人动员我写一篇被周总理推崇为古今中外、独一无二的武威出土的东汉铜奔马的文章。总理指示，文章可以用现存古今中外有名"马"的造型艺术来作比较，但不应有丝毫大国沙文主义的夸张语气。在同志们的鼓励下，我曾担任了这一工作，勉强完成了这一艰巨任务。后来文章在《光明日报》发表后，自己殷切地等待着读者的批评意见。但是，不久就听说我的这篇拙文得到了总理的认可，并要有关部门的同志看一看。敬爱的周总理总是这样鼓励和鞭策我们，哪怕是极其微小的成绩。

正当我决心以有生之年为敦煌文物工作贡献一切的时候，像晴天霹雳一样，传来了敬爱的周总理逝世的噩耗。在举国悲痛的时刻，我不能不从我们在敦煌石窟30余年的工作历程中，缅怀总理对我们的帮助教育和鞭策鼓舞。

早在1943年，为了保护闻名中外的敦煌石窟艺术，我曾冒险犯难地来到敦煌，负责筹备为反动派装饰门面的伪国立敦煌艺术研究所。在缺少经费和人力的情况下，工作很难开展。经过一年筹备，该所于1944年正式成立，那时只有六七个人，经费很少。1945年，为了催取经费，我们特地把几年来临摹的十余幅壁画摹本也带到重庆展出。伪教育部不但不给经费，而且突如其来地宣布撤销伪国立敦煌艺术研究所。没奈何，我们只有向社会呼吁，并抗议反动政府的倒行逆施，把十余幅在敦煌临摹的壁画摹本在重庆七星岗中苏友好协会展出。谁知，在当时反动统治下乌烟瘴气的重庆，竟毫无反应。正在悔伤万分的时候，忽然有一天，在门可罗雀的展览会场上，却意外地看到周总理、董必武副主席、郭沫若等同志亲临这个小小的展览会场参观。总理对我们在艰苦卓绝的境遇中从事保护石窟艺术的工作表示热情的支持和赞扬，并对当时反动派撤销敦煌艺术研究所的反动措施表示十分愤慨，希望我们不要屈服，坚持斗争，把戈壁滩上这个重要的敦煌石窟宝藏的保护工作顽强地坚持下去。

解放后不久，我们在 1950 年就接到中央人民政府的通知，要我们把所有敦煌壁画的摹本和有关石窟出土文物拿到北京，为首都人民筹备展出敦煌文物。记得那是 1951 年 4 月的一个星期天的下午，工作的同志们正在休息，我在天安门后门楼上（编者注：应为午门城楼）筹备、布置敦煌文物展览会，忽然接到中南海一个电话，说有一位首长将要来会场参观，要我准备接待，不要外出。当时天还在下雨，看到从天安门开来一辆小轿车停在午门楼下，一位首长，只有一位同志陪同，冒着细雨雄健有力地一口气走到午门楼上的展览会场。原来这位首长就是我们敬爱的周总理。这是我解放后第一次看到总理微笑的面容，握到总理紧紧有力的手，他那轻车简从、平易近人的态度，使我毫无顾虑地敢于谈起话来。当时在午门城楼上宽阔的大厅里，只有总理和随行的一位同志以及我三个人。总理从重庆看到我们敦煌壁画的摹本开始，问到我们在敦煌解放前后的工作和生活情况，又阐明了中央人民政府这次配合抗美援朝爱国主义教育运动在首都展出敦煌文物的决定。我除向总理汇报了我们敦煌解放后的工作情况外，把这次筹备敦煌文物展览的经过和展出内容概况也一并向总理做了汇报和请示。总理仔细地听我的汇报，并提出了一些有关敦煌石窟艺术特点的问题，要我陪同参观。总理沿着敦煌文物展览布置的路线边走边看，要我把展品的内容一一加以说明。他不时提出宝贵的指示，纠正我们陈列、布置、说明等方面一些不适当和错误的地方。总理高兴地说："你们精心摹制的临本，使我如同到敦煌石窟中去了一样，大开眼界。你们多年来在沙漠中艰苦劳动是值得称道的。"总理还说："这是劳动人民创造出来的灿烂的古代文化，我们必须很好地保存。保存是为了批判地吸收它的精华，古为今用。另一方面，通过敦煌文物的展览，要全国人民知道劳动人民的伟大创造和祖国的伟大艺术传统。"

当走进第三陈列室"历年帝国主义者劫夺敦煌文物罪证"的时候，总理亲切地对我说："这很好，这些铁一般的证据，雄辩地说明了帝国主义者是如何用各式各样巧取豪夺的方法来盗窃和破坏我们的文化遗产。为了保卫祖国，为了保卫祖国的伟大文化遗产，我们必须同仇敌忾，加强抗美援朝的决心和力量。当举国正在动员抗美援朝的时刻，这个敦煌文物展览将会起到爱国主义教育的作用。"总理两个多小时的亲切教导，使我开始懂得毛主席指示的文艺为工农兵服务、为无产阶级政治服务的意义。最后，总理还热情鼓励我们："在沙漠中做一辈子敦煌文物的保护和研究工作。"

"是的，我一定要按照总理的指示，决心做一辈子敦煌文物的保护和研究工作。"我在握别总理时，以激动的心情向敬爱的总理作了坚决的保证。

1964年，当我正在参加第三届全国人民代表大会期间，正当总理在做政府工作报告中间休息的时候，大会秘书处派人来要我和华罗庚、张瑞芳三位同志去见总理。敬爱的总理在百忙中，连开会期间也不稍事休息，使我有机会又一次亲耳聆听总理的谆谆教导。总理紧紧握着我的手，问敦煌的情况，问有什么需要帮助解决的问题。总理还说："敦煌工作不是一辈子所能做完的，必须子子孙孙都在那里继续努力工作，才能完成。"我向总理回答说："请总理放心，我一定把您的指示带给敦煌全体工作同志，一定要把敦煌文物工作当作祖祖辈辈一代接一代的事业干下去！"

从1963年开始，政府还拨巨款，对敦煌石窟实施了全面的维修加固工程。这一工程进行了四年，一直到"无产阶级文化大革命"中才完成。完工之后，我把石窟维修加固工程完毕后所摄的一整套照片寄给了总理，向他汇报，并表示希望总理有机会来敦煌指导工作。

1972年我去北京参观出土文物展，总理知道我身体不太好，就让有关部门安排我在北京医疗，并且带话要我恢复健康后再返回工作岗位，就这样我留住北京直到1973年2月。后来得知总理在陪同法国总统蓬皮杜参观云冈石窟时还问到我在哪里，王冶秋同志告诉总理我已回到敦煌，总理才放了心。总理日理万机，对待像我这样一个做一般工作的，竟是如此关怀备至，令人感戴不止。

真没想到，在我还在继续做敦煌文物工作而我们的工作离总理的要求和党的希望还很远的时候，竟传来了总理逝世的噩耗，我再也不能见到敬爱的总理了，再也不能向他老人家汇报了……我几次流泪写了上面的文字。我一定要化悲痛为力量，学习总理的伟大革命精神，牢记总理亲切的教诲，继续革命，鞠躬尽瘁。

编者注：原载《甘肃日报》1977年1月9日。

欣闻鉴真夹纻像回到扬州

夹纻像是我国四世纪名画家和雕塑家戴逵所创造的一种用陶胎粗布夹纻漆土制作的塑像。这种塑像质轻而坚，适应南方温湿地带。敦煌莫高窟也曾发现一具元代人制作的佛的头像，质坚而轻，便于行像时的搬动。鉴真东渡时为了友谊、弘法和文化交流，曾组织一批精通中国建筑雕塑绘画的匠师和弟子数十人随同前往。奈良的唐招提寺和鉴真大师的夹纻像都是这个时候创造的。现在已定为日本国一级国宝，每年只对公众开放很少时间。1958年我在日本时只远远见到一面。去年秋天，我们得到唐招提寺森本长老的热情邀请，得以再度瞻仰鉴真大法师像，之后，森本长老还邀请我们去参观寺院收藏的敦煌写经二十一卷的展览会。

当我们在参观时，出乎意外地，森本长老要我在陈列展览的二十一卷敦煌写经中任意选择一卷，作为唐招提寺献给鉴真大法师回国时对平山堂娘家赠送的礼物。他认真地对我说："这二十一卷经是我们唐招提寺珍藏的国宝，它来自敦煌；今天请你来，因为你是从敦煌文物研究所来的所长，是鉴真大法师的娘家人，所以我们特请你代表鉴真大法师选择一卷作为送给娘家的礼物。"

在异乡，把我当作鉴真大法师的娘家人，这使我激动得差一点流下泪来！我选择了有隋大业四年题记的涅槃经一卷，森本长老毫不迟疑地决定了！当时，我站在隋大业四年的大涅槃经旁边，凝视着我面前充满坚毅和决心的鉴真大法师夹纻像：他那两只闭着的眼，长长的睫毛，端正的鼻梁和晕红的颜面显示出坚定沉着的毅力和决心，他仿佛在告诉我，他之所以冒险犯难，六次渡海，终至扶桑，就是为了中日两国人民的友谊和文化交流……这世世代代绵延不息的友谊，连续到今天已一千二百多年了……今天光荣地回到正在实现四个现代化的新中国的老家，我由衷地感到高兴。

愿我们中日两国人民的友谊万古长青！

编者注：原载《光明日报》1980年4月27日。

056

乡音

敦煌文物研究所所长常书鸿在老一辈画家中是使人难忘的一位。他有一副敦厚长者的面貌，戴着黑边近视眼镜，老带着笑容。特别是他那口齿不太清楚的杭州乡音，无论是作报告或对朋友、对小孩说话，都是一样亲切。（郁风《敦煌石室十六年》，香港《大公报》1958年4月21日）

很多老朋友听到我的口音，总要半开玩笑地说："你已这么大的年纪了，一讲话总是乡音满口。几十年，难道学不会一点普通话吗？"其中最会逗我的，就是郁风。我们见面时，她总要说："还是那样健康和孩子气……那样家乡口音！"这差不多是我们久别重逢后一种亲切的见面礼。

经过"十年动乱"后，1978 年我们在北京见面之前，我先打电话告诉她我的住地，并说我和李承仙最近为全国科技大会画了一张《攀登珠峰》的油画，请她光临指教。这次她并未当面在电话中点出我不会讲普通话的老毛病。我以为郁风的热情和天真的性格已为万恶的"四人帮"从灵魂深处给铲除了，我心中打了个寒噤。但后来我看见她写的介绍我们画的《攀登珠峰》的文章中，开头就是："他（指我）还是那样带着杭州乡土口音打电话告诉我……"这说明郁风还是郁风，对我的乡音还是坚持那样顽固的意见。

她的意见还是正确的。的确，有时在大庭广众之下，我用百分之百的乡土口音讲话时，往往会使我陷入啼笑皆非的困境。尤其是有几次到外国去的时候，使随同出去的翻译摸不着头脑。在这种情况下，我常常记起我 1927 年在里昂中法大学留学时的同学方光焘对我说的话来："要学好语言，必须从拼音着手。把口音咬得清，咬得准。"方光焘是研究语文的专家，1928 年我们同在法国里昂中法大学补习法文。法国老师经常夸奖他法语发音比我准。我虽然常常请教他，但思想上仍不重视发音，尤其是对普通话，以致今天还摆脱不了乡音的连累。"十年动乱"中，"四人帮"一伙甚至由此而给我戴上"无视群众"的帽子，但我还是无动于衷。有时为了掩饰我在语言方面的笨拙无能，还要向比较客气的朋友们解释一下，诸如我是在杭州出生的，在杭州土生土长二十几年，已根深蒂固地养成了出娘胎后就养成的乡音，等等。

常书鸿创作油画《攀登珠峰》（常沙娜供图）

后来一出门，就漂洋过海地出了国门，在法国生活了 10 年，因为我醉心于希腊、罗马、法国的艺术，也学会了讲法国话，画法国的画，崇拜希腊、罗马、文艺复兴时期的文化、艺术、历史……直到 1931 年"九一八"日本军国主义侵略的枪炮进入东北之后，在异乡的我才感到国家民族尊严的重要性。1932 年，我画了一幅《怀乡曲》，参加里昂沙龙，表示我对祖国的怀念。

1935 年的一天，我在巴黎卢浮宫参观，忽然发现一部由六本小册子装订的《敦煌石窟图录》，我打开了书壳，看到里面是敦煌千佛洞佛教壁画和塑像的黑白摄影图片 300 余幅。这些图片是 1907 年伯希和从敦煌石室中拍摄来的。那遒劲有力的笔触、气魄雄伟的构图、生动有力的人物形象，使我十分惊异，爱不释手。第二天，经介绍，我又在集美博物馆看到了伯希和从敦煌盗来的唐代大量的大幅绢画。有一幅《父母恩重经变》，其时代早于文艺复兴时意大利佛罗梭斯（今译佛罗伦萨）画派先驱者乔多（今译乔托）700 年，早于油画创始者梵爱克（今译凡·艾克）800 年，早于侨居意大利的法国学院派祖师波生 1000 年。这光辉灿烂的古代文化，使我这个倾倒在西洋文化中的人惭愧之极，我决心离开巴黎回祖国，到沙漠宝窟去，因为那里是蕴藏着有千数百年悠久灿烂文化的敦煌艺术宝库。

1936 年，我终于回到祖国，在北平艺术专科学校任教授。由于正值抗战时期，我一直去不成敦煌。

直到 1942 年 3 月早春时节，我才到达敦煌莫高窟。只见那里到处是破壁残垣，流沙像小瀑布一样直向坍毁了的洞窟中倾泻，许多洞窟前堆满了积沙，连洞窟的门也全被堵塞。零零落落几棵白杨和沙枣树，被放牧的牛羊啃得半死不活，歪歪斜斜地矗立着。这里没有一点点春天的气息，在连绵起伏的鸣沙山西北五六十公里就是无穷无尽的沙丘，令人望而生畏。沙啊，压坍了洞窟，磨损了宝贵的石窟壁画，这该是多么令人焦急的事啊！

于是我自然而然想到了杭州灵隐寺和柳浪闻莺等江南风光，考虑我们初到后应急需解决植树问题。显然，要免除不尽的流沙侵蚀，需要防风防沙的树林，就像我们家乡的灵隐寺所在那样郁郁葱葱。因此，我们就准备立即植树造林。我看中了那条从南到北的马路，在两面种满树木，形成林区。为了保护石窟，避免牛马羊群的闯入，我们花了半年多时间，造了一堵长达 1500 米的围绕石窟的土围墙，并开始利用宕泉的流水开辟植林地区。这项工作从 1944 年春天开始，每年植树造林，到 1957 年已造成一条塞外的江南"林荫路"。

从 1956 年开始，我们还在东面戈壁滩旁边栽培了一个有两万多棵树的新树林。每当有人来敦煌石窟参观时，我总要非常自豪地介绍，我们这里不但有石窟宝藏，还有塞外江南"灵隐风光"。到 1966 年，这一片新树林已经和西区树林连接起来，成为以现在的新大桥为中心的一个新林区。

不料，在"四人帮"横行的动乱年代，在斗争我的同时，有人丧心病狂地大砍树木。其中一个人一边斗争我，一边把几十棵十几厘米直径的树木一根一根地砍掉。砍倒一棵大树，高呼一声"打倒常××！"有人甚至在"四人帮"被粉碎后还在大肆地进行破坏，乱砍滥伐，并以此投机倒把，做买卖交易。

1978年3月我重返敦煌工作，亲眼看到有一两百棵成材的杨树躺在东区树林中，实在令人心痛。但我深信，敦煌千佛洞的"林荫路"一定会像西湖的灵隐路一样漂亮！这信念就像我这个杭州人——被称为"杭铁头"的性格一样倔强。这也许就是我没有下决心改变乡音的原因。

编者注：原载《浙江日报》1981年4月1日。

为阿Q造像

1942 年，我们从日寇战火中回到重庆，会见了一别十余年的吕斯百、王临乙等老同学，而且我们又有机会在沙坪坝凤凰山美术教育委员会同聚一堂，从事绘画创作。当时机关里有一个从四川乡下来的农民为我们做饭，他的年龄在 30 岁左右，健康质朴，爱摆"龙门阵"，但看来也多少沾染了一些游手之徒的狡猾。不知怎的使我发现他固执愚蠢，有像阿 Q 那样的气质。外貌上，我还发现他的头上包着一块白布缠头，像四川老乡那样，我看他是那样熟练，一转眼就把一条长近 1 米的白布条服服帖帖地包扎在黝黑（的）头发上。妙在最后留了一个小尾巴，像唐代妇女的步摇一样，摇摆在他的耳朵上，活像 Q 字母的小尾巴。所以当时我就和吕斯百说："今天下午画'阿 Q'像，欢迎你和我一道画。"这天下午我兴致很浓，动笔先画阿 Q 的头、包布和他那双讥笑人一般的狡猾眼睛，以及他那根亮闪闪的铜嘴竹烟杆、发光的皮烟袋。当时我在一个下午就得心应手地草草完成了这幅油画画像。

屈指 40 年匆匆过去了。今天看到《为阿 Q 造像》，不期然地就联想到鲁迅创造了如此隽永的人物，他的声音动态依稀跳动在我们已经过来的、那充满了矛盾和斗争的难忘岁月中。这就是我们时代民族文豪鲁迅的不朽成就！

编者注：原载《光明日报》1981年9月27日。

一个属于人民的画家——记画家赵望云

赵望云这个名字，还是在1936年我回国之后，从《大公报》上连续发表的《农村写生集》《塞上写生集》等画稿中知道的。这些新的题材和新的内容，使我十分注意，因为这种在报纸上连续刊载的写生画是《大公报》一个空前的创举。当时作者还不过是一个年轻的中国画画家，他以流利的毛笔线条，寥寥几笔，勾画出农村社会中、民间风土人情、山乡人家以及劳动人民的生活状况和精神面貌，大大不同于我们小的时候在上海《申报·星期增刊》上看到过的吴友如笔下的图画，那是记载上海资本主义社会十里洋场、花天酒地的租界上的情景，娼妓、小偷、争风吃醋等等黄色内容，有如十八世纪欧洲流行以结婚、离婚为题材的风俗画那样的油画小品。《大公报》上刊出的写生画，虽然是反映农村社会新闻部分的插图，但还是以画家所掌握的朱景玄《唐朝名画录》所谓"外师造化，中得心源"唐人写生方法来完成的。我们通过这些画稿，看到画家胸有成竹地刻画出来的农民、妇孺漫不经心地骑在没有鞍子的毛驴背上的生动形象。我特别欣赏他画的毛驴，形象虽然细小简单，但运笔精到，处处入神，跨桥过岭，奔波上下于农村山林茅舍之间，十分生动有致。这是为什么我一见倾心地喜欢他用纯朴的笔墨即兴而成的农村即景！是那样别具一格地反映出当时农村社会生活的空前成就。后来我从有关方面打听到这位不曾相识的画家就是当年颇有名望的"布衣将军"冯玉祥的好朋友，他的画往往是和冯的白话诗配合发表的，诗与画有时融合为一体。我不懂诗，但这样的用乡村毛驴配合"烧饼大油条"倒是十分协调的"诗配画"。

十年之后的1948年，我在上海举办"敦煌艺术展览会"之后，忽然接到南京教育部部长朱家骅派人转达他要我把全部敦煌壁画模本展品运去台湾展出的指令。我以种种借口来推托此事之后，他还随时来警告我应当遵命。当时在沪的董希文同志提醒我："三十六计，走为上计。"为了避免飞来的横祸，我便匆匆忙忙地坐上飞机飞往兰州了。

在兰州红山根机场接待的人群中，我首先见到的是一个身强力壮的青年画家，在场的朋友向我介绍，他叫梁黄胄，是画家赵望云的门生，他手里提着一个由他自己设计制造的自动速写画夹，两边两个卷轴，边卷边画，展开后足有一二丈长的横幅，上面画满了各种人物和毛驴的速写，奔放自如，了无拘束，使我联想到画家赵望云的农村写生画稿。年轻人红扑扑的脸庞，健壮的身体，他不好意思地对我说："就是这一些……""就是这些么，"我有些激动地说，"这样的成果你还以为不够吗？你这种举不离手、曲不离口的努力，你将来肯定（会）成为一位了不起的大画家啊！"接着我问他："是谁教你这样速写的？"他回答说："赵望云老师。""噢，原来就是赵望云先生，真是有其师必有其徒，那位在农村生活写生中显示出卓越才能的画师真是教导有方！"

1950年10月，敦煌文物研究所（被）划为西北文化部直属单位。望云同志和张明坦同志以西北文化部文物处正、副处长身份来敦煌接管，我这才第一次和他见面。接管手续完毕后，他在我的画册上画了一幅《任重道远》——在沙漠上骑骆驼的人，从这幅小画上，我发现他不仅（善）画毛驴，对于沙漠和骆驼步行时的特点也刻画得非常生动，远山轻描淡写的几笔，衬托出祁连山积雪的风貌，这幅随手画出的一尺来大小的小画，显示了画家源于生活的丰富素材的积累，我非常钦佩他。后来又在他访问埃及和在祁连山写生画集中，看到他熟练的技法、敏锐的视力和炉火纯青的表现手法，这些已经在画家的笔底熔铸为一体了。

中国造型艺术在汉唐盛世的历史阶段，从金石雕刻、佛教石窟、壁画、墓葬明器的发掘物等光辉灿烂的宝贵文物遗产中可以窥见其轮廓。明清以来，士大夫文人学士热衷于笔墨的戏弄，反映人类社会生活的现实主义描写不被重视，于是绘画逐渐脱离现实、脱离生活，真正用传统的技法反映现实生活的作品，在当时寥若晨星。回忆二十世纪三十年代，上海正流行着西欧形式主义艺术时，黄宾虹、齐白石、徐悲鸿、张大千以及岭南高氏兄弟、黄君璧、关山月、赵望云等有志之士，则努力从民族遗产中汲取营养。正如解放后郑振铎同志在《敦煌文物展览的意义》一文中所指出的："宋元的时代，正是汉民族受压迫的时期。那时期的封建地主阶级的画家们，不能不沉醉于空想或幻想之中，而不欲正视人生，不敢正视社会实相。他们遂把图画作为摅写性灵或炫耀小品艺术的成就的东西。或作大幅山水，或寓意于残山剩水之间，所谓'胸中自有丘壑'：或以写字的技巧来作画，作疏疏朗朗的几笔竹石，创所谓书画同源说；或作工细精丽的翎毛花卉，牛马虫鱼，以自炫其功力的精到。总之，是业余的，是即兴的，是玩赏的，是'游戏文章'。"相反，望云同志的绘画，则是我们时代中忠于民族传统、反映现实生活的。他访问埃及回来时，画囊中还带着不少非洲沙漠、阿拉伯人、单峰骆驼和毛驴、在高高的椰树林中的人物风景，其生动程度不下于他在祖国西北、祁连山下的风景写生。望云同志历历如数家珍地把天山朝霞、阳光下的茂林、成群的牛羊，一一作为画中主体描绘出来——这就是他走遍青藏高原，跋山涉水所见到的一切，所描绘的一切，所迷恋的一切！这就是为什么我称他为爱国主义画家的缘故。

赵望云的画充满着中国人民质朴淳厚真善美的各种优点。他是一个属于人民的画家。

编者注：原载《中国美术》1982年第2期。

怀念画家韩乐然同志

1922 年秋天，我从浙江赴法国巴黎，后以公费生考入里昂中法大学。里昂，这是都德在著名小说《小物件》（今译《小东西》）中所描写的小物件的出生地，它正像这篇小说中所描写的那样保守、贫困和死气沉沉。中法大学坐落在圣蒂合内山下，房舍原是一座旧兵营。刚刚离开祖国，离开繁华的巴黎，来到这小街小巷的山城，我越发增添了在异国的寂寞之感。

我记得一个溶溶的月光之夜，在中法大学的宿舍里，我结识了来自鸭绿江畔的画家韩乐然同志。他满面红光，显得很有生气。我们没谈多久，就很像是一对老朋友了。于是他把胳膊下夹着的一大叠在国内画的水彩风景画稿拿我看，并说他准备在里昂中国饭店举办一次他的个人画展。我听了颇感惊异，因为那时乐然同志的画还不很成熟，法国又是一个艺术发达的国度，这不能不说是一个很大胆的举动。所以，我和当时在场的吕斯百、王临乙、刘开渠诸同志都建议再充实再准备以后再展出，但他却微笑着回答说："试试看!"不久，居然在中国饭店看到了他的画展。正如所料，没有很好的效果，但他毫不介意，仍然非常自信地、非常乐观地继续他的水彩画写生。"我有我的打算呀!"他直率地跟我们说，"这是环境逼人，因为我是勤工俭学，要自食其力，假如我也像你们一样是公费的话，我就不这样做了。"

是啊，初到法国，人地两生，语言不通，又要学习，又要穿衣吃饭，实在是不容易。这种艰苦的生活，在没考上公费以前我也过过。当时学音乐的冼星海同志也在里昂，为生活所迫，有时他也在咖啡馆里拉小提琴赚几个钱。勤工俭学实在不像一般人所想象的那么容易，这也是我们这一辈人艰苦奋斗所经历过的一种社会大学的生活方式。乐然是不名一文来到法国的，所以遇到的第一件事就是生活的窘迫。我赞赏乐然的大胆奋斗精神。从他的言谈和行动中，知道他是一个有志气的人，我支持他不辞艰辛地去努力探求。不久，他对我说，在里昂很穷困，他打算离开这里，到法国南方的尼斯去。一天，我在里昂美术馆遇见他，他说他已买好当天夜里去尼斯的火车票，我问他有什么困难没有，他说没有。但我知道他没有多少钱，就把随身带的法郎塞进他的大衣口袋里，握手而别。

打这以后，关于乐然的消息知道得很少，只听说他在法国、瑞士、荷兰等国旅行作画、卖画。我虽然有时也听到他的名字，却见不到面，因为他没有固定的地方，又不愿写信。直到1936年的一天，我在巴黎蒙巴纳斯地道车站碰到了他。他仍然是那个样子，只是衣着比在里昂时整齐了些。我们谈了离别七八年来各自的情况，他关切地问我有没有加入共产党，我说没有，并告诉他我就要回国了。他欲言又止，最后他告诉我，他正在《巴黎晚报》做摄影记者。

1945年10月，乐然和其他游客一起来到莫高窟千佛洞，同时带来了沿途的写生画稿。此时我们虽然已阔别10年，但跟以前比起来，他并没有多大的改变，尤其是他那永远年轻的体态。他依然是快乐的，红光满面的。看着他的画，每一幅都充满了光和色的明快，毫无呆滞生涩之感。他那纯熟洗练的水彩画技法，已达到了炉火纯青的程度。"怎么样？朋友！"他拍着我的肩膀说。他的画正和他充沛的精力一样，深深地感染了我，我连连称赞道："好！好！"

一个远在边塞多年的人，忽然见到相交20多年的老朋友，我内心感到十分快慰。于是我也拿出自己的画，互相品评，说一些鼓励的话。

这一夜，我们痛快地长谈，高兴得谁都没有合眼。从此，我们之间的友谊更加亲密了。当时，正值我的家庭发生变故，他诚心诚意地对我劝解，并谋划挽回的办法，因为在法国时他亲眼看见了我家庭的美满景况，为了孩子他诚恳地要求我听从他的劝告。

1946年10月，他携夫人和儿女再来莫高窟千佛洞住了10天，临摹了许多壁画，我还请他为研究所同仁作了一次《克孜尔千佛洞壁画特点和挖掘经过》的讲演。从与他的谈话和他的实际工作中，我了解了他所要做的事，同时也感到了对未来的希望。他对千佛洞的工作提出了很好的意见。他计划1947年再来敦煌，并且与我约好，下次他再来时我们二人共同用油画工笔临摹几幅千佛洞的大壁画。我们互相期许着，要在荒漠之中开拓出中国艺术复兴的园地。

在他离开敦煌的一年中，他每每在工作告一段落时总要给我来信，报告他的情况，使我能够分享到他的喜悦。在克孜尔临摹、摄影中，他和他的助手发掘出一个最古老的洞窟，后来称为69号洞。可以说，他在克孜尔已把全部重要的东西都收集整理完了。克孜尔千佛洞处于南疆要冲，正是印度佛教艺术东渐的第一个门户，里面的作品出自汉晋时代，创作时间早于敦煌千佛洞，在风格方面接近于西方。他工作成绩（斐然），对研究敦煌艺术作出了可贵的贡献。许多人想做张大千先生早就想做而没有做的事，而乐然竟远涉关山，在烈日沙漠中完成了，甚至不幸以生命殉了发掘祖国艺术宝库的崇高事业。

当我听到乐然牺牲的噩耗时，无法相信这是事实。"在梨子成熟的时候，我一定再到千佛洞来"，这是乐然从克孜尔给我的最后一封信的最后一句话。我对他的话是坚信不疑的，所以一直在等待他的到来。那时正是千佛洞的梨子在初秋塞外炎热的阳光下逐渐成熟的时候，可是乐然却没能践约而来，他的名字竟列入飞机失事遇难人员之中。这不啻是晴天霹雳！我悲痛，我悼念！乐然的躯体连同他的美好理想永久地留在了祁连山的层峰叠峦之中，永恒的寂静埋葬了积极活跃的灵魂！他的牺牲是西北文明史的一个不可补偿的损失！

写到这里，我仿佛听到大佛殿角的铁马在静夜的千佛洞中发出了丁当的声音，这声音又像是从连绵的骆驼队中发出的铃响，把我引到遥远的沙漠，引到敦煌和克孜尔的千佛洞，催我与乐然同志一起为发掘祖国的艺术宝库而努力工作。

乐然辞世30多年了。在党的领导下，由于同志们的努力，敦煌宝窟愈来愈显示出她璀璨的艺术之光。如果乐然九泉有知，是会感到欣慰的。这是我们对乐然最好的悼念。

编者注：原载《社会科学战线》1982年第4期。

回忆赵望云同志

　　赵望云这个名字，还是在1936年我回国之后，从《大公报》上连续发表的《农村写生集》《塞上写生集》等画稿中知道的。这些新的题材和新的内容，使我十分注意，因为这种在报纸上连续刊载写生画的做法，在《大公报》是一个空前的创举。当时作者还不过是一个年轻的国画家，他以流利的毛笔线条，寥寥几笔，勾画出农村中的风土人情、山乡人家以及劳动人民的生活状况和精神面貌，大大不同于我小时候在上海《申报·星期增刊》上看到过的吴友如笔下的图画，那是记载上海半殖民地半封建社会十里洋场、花天酒地的租界上的情景，娼妓、小偷、争风吃醋等等黄色内容，有如十八世纪欧洲流行以结婚离婚为题材的风俗画那样的小品。《大公报》上刊出的写生画，虽然是反映农村社会新闻部分的插图，但还是以画家所掌握的"外师造化，中得心源"写生方法来完成的。我们通过这些画稿，看到画家胸有成竹地刻画出来的农民、妇孺漫不经心地骑在毛驴上的生动形象。我特别欣赏他画的毛驴，形象虽然细小简单，但运笔精到，处处入神，跨桥过岭，奔波上下于农村山林茅舍之间，十分生动有致。我一见倾心地喜欢他用纯朴的笔墨即兴而成的农村即景，他别具一格地反映出当时的农村社会生活，达到空前成就。后来我从有关方面打听到这位不曾相识的画家就是当时颇有名望的"布衣将军"冯玉祥的好朋友——赵望云。而他的画往往是和冯的白话诗配合发表的，诗与画有时融合为一体。我不懂诗，但这样的用乡村毛驴配合"烧饼大油条"倒是十分协调的"诗配画"。

十年之后，1948 年，国民党反动政权临近垮台的前夕，我在上海举办"敦煌艺术展览会"之后，忽然接到南京教育部部长朱家骅要我把全部敦煌摹本展品运去台湾展出的指令。我以种种借口来推托此事之后，当时在沪的董希文同志提醒我："三十六计，走为上计。"为了避免飞来横祸，我便匆匆忙忙地坐上飞机飞往兰州了。

在兰州红山根机场接待的人群中，我首先见到的是一个身强力壮的青年画家，在场的朋友向我介绍，他叫梁黄胄，画家赵望云的门生，他手里提着一个由他自己设计制造的自动速写画夹，两边两个卷轴，边卷边画，展开后足有一二丈长的横幅，上面画满了各种人物和毛驴，奔放自如，了无拘束，使我联想到赵望云同志的农村写生画稿。我问他："是谁教你这样速写的？"他回答说："赵望云老师。""噢，原来就是赵望云先生，真是有其师必有其徒，那位在农村生活写生中显示出卓越才能的画师真是教导有方！"

1950 年 10 月，敦煌文物研究所（被）划为西北文化部直属单位。望云同志和张明坦同志以文化部文物处正、副处长身份来敦煌接管，我这才第一次和他见面。接管手续完毕后，他在我的画册上画了一幅《任重道远》——在沙漠上骑骆驼的人。从这幅小画上，我发现他不仅画毛驴很拿手，对于沙漠和骆驼步行时的特点也刻画得非常生动，而远山轻描淡写的几笔，却衬出祁连山积雪的风貌。这幅随手画出的一尺来大小的小画，显示了画家源于生活的丰富素材的积累，我非常钦佩他。后来又在他访问埃及和在祁连山写生画集中，看到他熟练的技法、敏锐的观察力和炉火纯青的表现手法，这些（已）经在画家的笔底熔铸为一体了。

中国造型艺术在汉唐盛世的历史阶段，从金石雕刻、佛教石窟壁画、墓葬明器的发掘物等光辉灿烂的宝贵文物遗产中可以窥见其轮廓。明清以来，士大夫文人学士热衷于笔墨的戏弄，对于反映人类社会生活的现实主义描写反而不被重视，于是逐渐脱离现实，脱离生活，真正用传统的技法反映现实生活的绘画，在当时确实寥若晨星。回忆二十世纪三十年代，上海正流行着西欧形式主义艺术时，而黄宾虹、齐白石、徐悲鸿、张大千以及岭南高氏兄弟、黄君璧、关山月、赵望云等有志之士，则努力从民族遗产中汲取营养。正如解放后郑振铎同志在他的《敦煌文物展览的意义》一文中所指出的："宋元的时代,正是汉民族受压迫的时期。那时期的封建地主阶级的画家们,不能不沉醉于空想或幻想之中,而不欲正视人生,不敢正视社会实相。他们遂把图画作为摅写性灵或炫耀小品艺术的成就的东西。或作大幅山水,或寓意于残山剩水之间,所谓'胸中自有丘壑';或以写字的技巧来作画,作疏疏朗朗的几笔竹石,创所谓书画同源说;或作工细精丽的翎毛花卉……以自炫其功力的精到。总之,是业余的,是即兴的,是玩赏的,是'游戏文章'。"相反,望云同志正是我们时代中忠于民族传统、坚持反映现实生活的年老画家之一。他曾访问过埃及,画了不少非洲的沙漠、阿拉伯人、骆驼和毛驴以及椰林中的人物风景,其生动程度不下于他在祖国西北、祁连山下的风景写生。望云同志把天山下的茂林、成群的牛羊,作为画中主题描绘出来——这就是他走遍青藏高原,跋山涉水所见到的一切,所描绘的一切,所迷恋的一切! 这就是我称他为爱国主义画家的缘故。

正因为这样,赵望云同志也逃不过"四人帮"的魔手。当1975年知道他在西安受尽折磨不幸患脑血栓病瘫痪在床时,我在兰州也正身患重病,只得打发小儿嘉煌去西安探视并摄影留念。望云还写给我一封信,殷切希望我能去西安会一次面,我当即复信表示:病稍痊时一定去西安看他。谁知道他竟在1977年春天与世长辞了! 这种生离死别的哀痛落在我们三十年至交之间,怎不令我怅然久之。如今,我只有默视望云同志的英灵安息!

编者注:原载《迎春花》1983年第1期。

1985 年 7 月 24 日至 10 月 30 日，我和李承仙为完成日本东京枣寺前住持菅原惠庆长老之遗愿，应邀为该寺绘制《玄中寺组画》。

玄中寺位于距山西省太原市 60 公里的吕梁山脉的石壁山中。据记载，寺为北魏延兴二年（472）由高僧昙鸾大师所建。昙鸾研究佛学，专修净土，先后撰写了《净土十二偈》《续龙树偈》《调气论》《往生论注》等著作，得到东魏孝静帝的尊重，赐号"神鸾"，故常（被）推为净土教的始祖。

至隋唐时代，高僧道绰、善导先后在玄中寺住持，探讨、研究净土佛学，讲经说法。玄中寺成为我国佛教净土宗的祖庙和中国北方的主要道场，在中国佛教史上有十分重要的地位。因此，唐代之后，虽迭遭兵燹，但屡毁屡建，以至保存到现在。

从唐代以来，以昙鸾、道绰、善导所创立的净土法门体系传到日本后，日本高僧法然和亲鸾，先后以三位大师著作为依据，立教开宗，建立了日本佛教净土宗和净土真宗。自此，与玄中寺一脉相承的净土宗教义在日本广为流传。

1920 年 12 月 27 日，日本常盘大定博士历尽千辛万苦寻访了山西玄中寺，并著书立说，玄中寺即被尊为日本佛教净土宗的祖庭。1942 年秋，日本佛教界著名人士常盘大定博士、菅原惠庆长老等专程前来玄中寺举行了纪念昙鸾大师圆寂一千四百年奉赞会。当时菅原惠庆长老怀着对祖师庭的崇高敬意，从寺中摘了一把枣子带回日本，经过精心培育，长成了一棵枣树。长老遂把自己住持的寺院更名为枣寺。

日本佛教界朋友们在战后非常困难的情况下，为促进中日友谊做了大量工作。1953 年大谷莹润、菅原惠庆等收集了战争中在日本殉难的七千余中国烈士之遗骨送还中国。周恩来总理生前曾以"饮水不忘掘井人"来赞扬日本朋友们，肯定了他们对中日关系正常化所起的作用。

1977 年日本佛教界朋友成立了"日中友好净土宗协会"。菅原惠庆长老不遗余力，在他 84 岁高龄时，还创办了《玄中一派》的期刊，致力于日本中国友好的宣传。

早在 1958 年我们第一次在日本举办敦煌艺术展览时，菅原惠庆长老曾邀请我们为他的寺院绘制五台山壁画。但因为当时敦煌百废待举，工作繁重，无法承担。菅原惠庆长老于 1982 年 2 月仙逝。枣寺继承人为完成菅原惠庆长老热心中日友好和文化交流的遗愿，正式邀请我和李承仙东渡日本在新落成的枣寺正殿绘制壁画。我们受文化部和中国佛教协会的委派，于 1985 年绘制了《玄中寺组画》。

《玄中寺组画》的创作构思和绘制技法，是我们本着对敦煌艺术临摹和研究 40 多年的经验，主要继承中华民族遗产的风度，吸取了敦煌唐宋时代壁画法华经《化城喻品》等艺术风格形成的。我们在画幅中按照其地理环境和内容，标出十五个榜题，即：山西五台山、挂山古松、太原双塔、文水之渡、玄津石桥、秋容胜境、永宁禅寺、大玄中之寺、象离大和尚之塔、菅原惠庆长老之塔、中日友谊之树、大祖师之殿、俱会一处之冢、西方圣境、大千佛之阁。在画幅上部七身奏乐飞天配以随风飘动的七种乐器，以表现天上、人间、中日深厚的友情。

这是我们在日本东京一百个日日夜夜劳苦工作的结晶，用心血谱写出来的中日友情。愿中日两国人民像飞翔在天上的香音神那样，世世代代友好，愿中日友好文化交流万古长青！

一九八六年八月十五日写于北京

（本文系常书鸿与夫人李承仙合撰）

祖国

1927—1936 年在法国留学期间，我和沈西苓、冼星海等同志，曾经有过一段共同学习的时间。我们对于艺术上的许多重要问题，交换过不少意见，也有过不少争论。到后来，我们走的道路却很不相同。当沈西苓从日本回来放弃了绘画、在上海编导《十字街头》电影的时候，当冼星海从法国回来在延安从事《黄河大合唱》创作的时候，我还踌躇在巴黎蒙巴纳斯街头，与一批已经走向形式主义道路的青年艺术家们，进行着矛盾日益尖锐的关于美学问题的争论。

"艺术向何处去"，我们的论战就由这个问题引起。一本由当代法国艺术评论家尚比农针对欧洲画近况写的《今日艺术的不安》的论文集里，从艺术的倾向出发，提出了资本主义世界面临危机的一些现象。资本家和画商的操纵，使巴黎画坛在 20 世纪 30 年代中，从立方主义到超现实主义一步接一步地象征着资本主义丑化、恶化的艺术倾向，否定了造型的规律，使艺术成为可以用符号代替的唯心的抽象的东西。另一个权威的法国现代艺术批评家安德烈·布勒东，在他的一本《节日后的悲哀》的小册子中，道出每一个艺术家忧心忡忡、惶惶不安地在惦念着自己的出路。

同样的，我这时俨然以蒙巴纳斯画家自居，带着卫道者的精神和堂吉诃德式的愚诚，在巴黎艺术的海洋中孤军奋战，夙兴夜寐，孜孜不倦地埋头于创作，想用自己的作品来"挽回末世的厄运"。我可以在画室中专心致志于一幅静物画，画着画着，一直画到鲜葡萄变成烂葡萄，鲜蘑菇的菌丝像蜘蛛网一般，布满瓷盆和台布。同样，我可以在服侍病危的亲人面前，用画像来解除自己的忧虑。可以用鲜花一样的心情，去描绘裸体少女优美的造型，自己决心要把她画成希腊的女神，像文艺复兴时期的波提切利、帝西安和 19 世纪安格尔等的我所崇拜、倾倒的作品那样，成为永恒的美丽的画面。

在形式主义的艺术已经开始泛滥的巴黎画坛上，我的接近古典和院体派的绘画，也曾受到不同胃口的批评家和画家"青睐"。我的老师劳郎斯严格的素描要求和他 3 世纪相传的法兰西绘画传统、近乎装饰讲究轮廓美的画风，使我在不知不觉中走上以线描为主的具有中国画特点的油画风格。我在巴黎开了一个个人画展，我的一幅《小孩像》为巴黎国际美术馆所购藏，一幅静物《葡萄》

常书鸿（左二）、陈芝秀（左一）与友人在巴黎（常沙娜供图）

为巴黎市美术馆所购藏,《裸女》和《病妇》为里昂美术馆所购藏,之后,一些画商像发现了一个马戏团的新角色一样,派了他们雇用的批评家专门为我写吹捧文章,主动地接近我,要为我承揽画件,而他做一个中间的掮客。剪报社不断送来法国的一些杂志报章剪报,有来自英国杂志报章的,有比利时杂志报章的,有时还有来自美国等杂志报章的。无疑的,这些杂志报章上关于我绘画的批评文章,都是说我的静物画得那样平静,平静得像含有老子哲学似的,说我真不愧为一个中国画家。德国的杂志称颂我的画与17世纪德国画家霍尔本的一样。同样,我的画在法国春季沙龙、秋季沙龙中得到了称赞,也得到了一些金银质的奖章。靠着这些虚荣和小名气,我的画也逐渐有人购买了。有人订购我的画,有人请我去海边或山上为正在避暑消夏的资本家富商们的儿女父母画肖像。为了配合他们自己的肖像,有些人还喜欢左右各一地配上我的静物和风景。我像走方郎中一样,背了画箱东奔西跑……

一个下午的工作时间又过去了,我怅然若失地提着画箱走了出来。在回家的路上,忽然清醒过来似的,我连连不断地问自己:"这就是你的职业吗?""为什么当年在里昂和冼星海争论时,自己理直气壮地表明要把我的一生献给伟大而无邪的艺术,崇高而纯粹的艺术呢?"我反躬自省,不能不警醒了。这时我不由得想起了两个滚烫的字:"祖国!"

编者注:原载《人民日报》1993年3月29日。

情系浙大情系教育

——怀念电机工程学家、教育家王国松先生

我和王国松先生是二十年代在杭州认识的。我们是同学、同事。他长我两岁。

王先生是温州人，中学毕业后考到杭州浙江公立工业专门学校（浙大前身）学电机。我在一九一八年考入浙江省立甲种工业学校（也是浙大前身，一九二〇年，甲种工业学校升格为浙江公立工业专门学校，后逐渐扩大并改名为浙江大学）。当时，校长是老教育家许炳堃先生，校址在杭州蒲场巷报国寺。我开始也学电机，后改学染织，因染织有染织图案和染色等课程，总算还有一点绘画、造型的意趣。

从那时起我和王先生就是同学。我毕业后留校，担任纹工场管理和美术教员。王先生毕业后也留校教书，我们又是同事。那时，学校每年都把成绩优秀的毕业生留校教书。虽然我早已不搞电机了，但与王先生经常来往。王先生青年时天秉独厚，勤奋好学，成绩超群，但不骄傲。

一九二七年我去法国学习绘画，直到一九三六年秋才回国。这年年底和次年秋我两次回到阔别已久的故乡杭州，这使我有机会回母校看望了久别的师长和同学，也见到了王先生，知他赴美深造电机工程，获博士学位，回国后仍在母校任教。那时，著名学者竺可桢先生任浙大校长，王先生已是知名教授、电机系主任了。当时，浙大人才济济，学者云集。有人把浙大最有名望的十多位教授趣称"十三太保"，王先生就是其一。校友们都讲王先生课堂教学启发诱导学生，效果极好，深受赞誉。他爱生如子，为贫困学生安排工读，为毕业生千方百计找工作，难能可贵。十余年的经历使他已看到当时政治腐败，帝国主义侵略，已无法实现其"实业救国""科学救国"的理想，这是他所无能为力的。但他对未来充满希望，他献身于教育的志向丝毫未动摇。他年轻有为，事业心很强，一心为浙大，一心为教育。当时，他已看到工科大学生很大的缺陷是理论脱离实际，所以他一直很重视实验课，以加强学生的实际操作能力。这一点是很有远见卓识的。

那次离别后，我们各自开始了颠沛流离的逃难生活。他随浙大南迁，我随艺专南迁。回国七年，于一九四三年二月才实现了我梦寐以求的万里迢迢投奔祖国敦煌的宿愿，做苦行僧去了，一去四十年！再也未回母校。直到一九八二年三月三十日下午，浙大八十五周年校庆的前一天，我和妻子李承仙一道由北京赶到杭州，参加校庆活动。第二天一早举行大会，我与王先生在主席台上又见了面，并听了他的大会发言。八十高龄的王先生还在号召国内外校友为进一步办好浙大而共同努力，由此可见他的赤诚之心。同年十月至次年四月，应浙大之邀，我和李承仙到母校作画，住浙大招待所，离王先生家很近。这段时间，我们接触较多，畅谈了别后四十多年的工作与生活。王先生受冤屈、迫害、折磨，在逆境中生活二十多年，最痛心的是失去了他最宝贵的年华。但他胸襟开阔，不计个人得失。

他的冤案得到平反，但已身患癌症。就在这种情况下，他仍然想着教育事业，想着浙大。他还在研究加强教研室工作、发挥教研室作用、打好教师和学生的基础、理论联系实际、如何因人施教等等问题。只要有机会，他都要了解国内外科技发展情况，与校友讨论教学问题。这次别后不久，得知王先生病逝的噩耗，我十分悲痛。事后我根据国松先生（字劲夫）的名字画了一幅劲松图，作为纪念。王先生在浙大学习、生活六十年。他的一生，是以浙大为家的一生，以教育为己任的一生。他一生治学严谨，作风正派，家境清贫，生活简朴，为人师表，是体现母校"求是""诚朴"校风的模范。

编者注：原载《光明日报》1993年12月30日。

坚守敦煌

1943 年 3 月 24 日，我们 6 个人盘坐在千佛洞中寺破庙的土炕上进晚餐，我真有点不习惯盘腿而坐，而会计老辛却坐得非常自如。几乎没有什么生活用具——灯是从老喇嘛那里借来的，是用木头剜成的，灯苗很小，光线昏弱；筷子是刚从河滩上折来的红柳枝做成的；主食是河滩里咸水煮的半生不熟的厚面片；菜是一小碟咸辣子和韭菜。这是来敦煌的第一顿晚餐，也是我们新生活的开始。

我的秘书，原来是天水中学的校长老李，久患胃病，经过旅途的疲劳颠沛，终于病倒了，躺在土炕上呻吟。一个同事提醒我，教育部临行时给的那点经费，因为另外请了三位摄影专家，他们从重庆乘飞机来就花了我们整个 5 万元筹备费的三分之一，加上我们来时一路上的开销，现在已经所剩无几了，而且这里物资昂贵，甚至有钱也买不到东西。更困难的是，千佛洞孤处沙漠戈壁之中，东面是三危山，西面是鸣沙山，北面最近的村舍也在 15 公里戈壁滩以外，在千佛洞里除我们之外，仅有上寺的两个老喇嘛，下寺的一个道人。因此，工作和生活用品都得到县城去买，来回路程有 40 多公里，走戈壁近路也要 30 多公里。而我们唯一的交通工具是一辆借来的木轮老牛车，往返至少一天一夜。

在万籁俱寂的戈壁之夜，这些牵肠挂肚的难题缠绕萦回，瞻前顾后，深夜难寐。半夜时分，忽然传来大佛殿檐角的风铎被风吹动的丁当响声，那声音有点像我们从安西来敦煌骑的骆驼铃声，抑扬沉滞，但大佛殿的风铎丁当声却细脆而轻飘，不少风铎同时发声就变得热闹了。渐渐，大佛殿的铃声变轻了，变小了，我迷蒙蒙地仿佛又骑上骆驼，在无垠的沙漠上茫然前行；忽而又像长了翅膀，像壁画中的飞天在石窟群中翱翔飞舞……

忽然一块从头上落下来有飞天的壁画压在我身上，把我从梦中惊醒，窗外射来一缕晨曦，已是早晨七点多钟了。我起身沿着石窟走去，只见一夜吹来的风沙，在好几处峭壁缺口处像小瀑布一样快速地流淌下来，把昨日第 44 窟上层坍塌的一大块岩石淹没了。有几个窟顶已经破损的洞子，流沙灌入，堆积得人也进不去了。我计算了一下，仅南区石窟群中段下层洞窟较密的一段，至少有上百个洞窟已被流沙掩埋。后来，我们曾请工程人员计算了一下，若要把全部壅塞的流沙清除，光雇民工就需要法币300万元。我一听，吓了一跳。教育部临行给我们的全部筹建资金才只有5万元，何况已经所剩无几，叫我们怎么雇得起呢？

我和大家商量，流沙是保护石窟的大敌，一定要首先制服它。眼前首先是这些积沙如何清理，但没有经费雇民工，怎么办？虽然生活工作条件异常艰苦，但是大家的工作情绪都很高涨，想了不少主意。后来，我们从王道士那里听说他就用过流水冲沙的办法。于是我们便试着干起来。我们雇了少量民工，加上我们自己，用了两个春秋，从南到北，终于把下层窟洞的积沙用水推送到0.5公里外的戈壁滩上，这些沙又在春天河水化冰季节被大水冲走了。

因为这里原来是无人管理的废墟，三危山下和沙滩边的农民已习惯把牛羊赶到千佛洞来放牧。当我们来到时，春草在戈壁上尚未长出，老乡们赶来的牛羊经过沙漠上的长途跋涉又渴又饥，又渴又饥的牲畜只有拼命地啃不多的几棵杨树的皮。我再三向牧民交代，但他们没有办法使饥饿的牛羊不啃树皮。为了加强管理，保护树木以防风沙，我们建造了一堵长达两公里的土墙，把石窟群围在土墙里面。

仲夏的敦煌，白杨成荫，流水淙淙，景色宜人。在这美好的季节，我们的工作也紧张有序地开展起来。当时人手虽少，条件也很艰苦，但大家初出茅庐，都想干一番事业，所以情绪还不错。我们首先进行的工作是：测绘石窟图、窟前除沙、洞窟内容调查、石窟编号、壁画临摹等。

为了整理洞窟，首先必须清除常年堆积在窟前甬道中的流沙。清除积沙的工作是一件工作量很大的劳动。雇来的一些民工由于没有经验，又不习惯于这种生活，有的做一段时间便托故回乡，一去不返。为了给他们鼓劲，我们所里的职工轮流和他们一起劳动，大家赤着脚，用自制的"拉沙排"一个人在前边拉，一个人在后面推，把洞中积沙一排排推到水渠边，然后提闸放水，把沙冲走。民工们粮食不够吃时，我们设法给他们补贴一些，使民工们逐渐安下心来。据县里来的工程师估算，这些堆积的流沙有10万立方米之多。此外，还要修补那些颓圮不堪的甬道、栈桥和修路、植树，等等。这些工作，我们整整大干了10个多月。当看到围墙里的幼树成林，再没有牲畜破坏而生长得郁郁葱葱，我们工作人员及参观游览的人在安全稳固的栈道上往来时，我心里充满了喜悦。

随我来的两个艺专学生，他们对工作很热心，但困难的是在敦煌买不到绘画的颜料、纸和笔，他们便十分节省地使用从兰州带来的画纸和颜色。他们还自力更生，到三危山自采一些土红、土黄等土颜料。他们是画国画的，临摹了一些唐代的壁画，觉得很有兴趣。以后在调查洞窟内容时，他们都选择了各时代的代表作品作为下一步的工作计划。我用油画颜料临摹了几幅北魏的壁画，那摹本的效果很像法国野兽派画家罗奥的作品。

在洞窟编号工作中，我们还有一个小小的遇险故事。当时我们没有长梯子，只靠几个小短梯子工作。一次，我们调查九层楼北侧第230窟的内容，大家便从第233窟破屋檐的梁柱中间用小梯子一段一段爬上去，我们工作结束时，小梯子翻倒了。这一来我们都上不着天、下不着地，悬在半空洞窟中，成了空中楼阁里的人了。一个姓窦的工人出主意，从崖面的陡坡向上爬。陡坡大约七八十度，下临地面20多米，从第232窟大约要爬十几米的陡坡才能上到山顶。大家都面带难色，这时，只见姓窦的工人动作敏捷地爬到了山顶。艺专的一个小伙子也跟了上去，但没爬几步，便嘴里大喊着"不行"停住了，只见他神色恐慌，进退两难。我想试一试，刚爬两步，原以为坡上的沙石是软的，用大力一踩会蹬出一个窟窿，没想到脚下的坡面像岩石一样坚硬，一脚踩下去，像被弹回来一样，反而站立不稳，差一点摔下去。惊惶之中，我的一本调查记录本也失手掉在坡上，立即飞快地下滑，像断线的风筝一样飘飘荡荡地落下去。我只觉得身体也在摇晃不定，像是也随着本子落到崖下。后来，还是我让山顶上的老窦回去取来绳子，把我们一个个拉了上去，才结束了这一场险情。以后我们做了两个长梯子，再也不敢冒险爬陡坡了。

我们的工作和生活条件变得越来越艰苦了。三四个月过去了，重庆一直没有汇来分文，只好向敦煌县政府借钱度日，债台越筑越高。为了借钱和筹措职工生活用品，为解决工作中的困难等事项，我日夜忙碌。有些事情要进城办理，无论严寒盛暑，或是风沙月夜，我一个人跋涉戈壁，往返城乡，每次近30公里之路，搞得我精疲力竭，困顿不堪。更使人忧心的是，这个满目疮痍但储满宝藏的石窟，随时会有险情发生。昨夜第458窟唐代彩塑的通心木柱，因虫蛀而突然倒塌，今天，查时又发现第159窟唐塑天王的右臂大块脱落。随之而来的，便是我们一阵艰苦的补修劳动。这些文物补修工作，不敢轻易委托民工，怕他们搞坏，我们只能亲自动手修复。

还有更可怕的困难，就是远离社会的孤独、寂寞。在这个周围20公里荒无人烟的戈壁孤洲上，交通不便，信息不灵，职工们没有社会活动，没有文体娱乐，没有亲人团聚的天伦之乐。形影相吊的孤独，使职工们常常为等待一个远方熟人的到来而望眼欲穿，为盼望一封来自亲友的书信而长夜不眠。一旦见到熟人或接到书信，真是欣喜若狂，而别的人也往往由此而更勾起思乡的忧愁。特别是有点病痛的时候，这种寂寞之感就更显得突出而可怕了。记得有一年夏天，一位姓陈的同事，偶受暑热，发高烧，当我们备了所里唯一的牛车要拉他进城时，他偷偷流着眼泪对照顾他的人说："我看来不行了，我死了之后，可别把我扔在沙滩中，请你们好好把我埋在泥土里呀！"后来他在医院病愈之后，便坚决辞职回南方去了。类似的情况，对大家心理影响很大，因为谁也不知道哪一天病魔会找到自己头上。的确，如果碰上急性传染病的话，靠这辆老牛车（到县城要6个小时）是很难救急的，那就难逃葬尸沙丘的命运了。在这种低沉险恶的境况下，大家都有一种"但愿生入玉门关"的心情。但对于我这个已下破釜沉舟之心的"敦煌迷"来说，这些并没有使我动摇。记得画家张大千曾来敦煌进行"深山探宝"，临走时半开玩笑地对我说："我们先走了，而你却要在这里无穷无尽地研究保管下去，这是一个长期的——无期徒刑呀！"

"无期徒刑吗？"我虽然顿时袭来一阵苦恼和忧愁，但还是坚定地表示了我的决心。我对他说，如果认为在敦煌工作是"徒刑"的话，那么这个"无期徒刑"我也在所不辞，因为这是我梦寐以求的神圣工作和理想。虽然是这样回答了他，并决心经受千难万险也干下去，但是眼前的现实实在令人愤慨，一种灰溜溜的不祥预感常常袭上心头，一场更残酷的打击正向我扑来。

编者注：原载《新语丝》2001年5月12日。

害虫

夜里就有一个蝗虫在灯光下飞扰，一直到睡下了床也没有逃出窗外去。我穿了小衣从睡床里起来追寻它，它——这样狡猾地靠着它的弹腿和翅翼翱翔于寝室的四周，终于使我捉不住它。"可恶的！"我含恨入睡。

第二天早晨起来它静静地藏在我床头边的书底下；我狠毒地将它捉住：划了一根火柴——这小小的虫子挣扎了顷刻就此死在小小的火焰中了！

"这样的死！"我虽然将它的残骸丢在痰盂里，心中总觉得对待这小虫子用这种刑具是太残忍了。然而："它（是）害虫——是个该死的小动物！"

我又俨然地安慰自己，仿佛这样一来就不会后悔似的。虽然我心中在回念昨夜它（被）逼得拼命地逃开我的手——想避了敌人加害的可怜的挣扎，它孤寂的一生的不幸的遭遇！

在这里，很使我感到那人性伪善的面目确是这般的可怕，什么一个小虫子来分食一些米谷——天地间的食粮——的事就这般冷酷地来逼它的死命，因为它是分食人类的食粮的敌人。而一方面又奖励这些一样以残害为生的青蛙燕子……

在另一方面说，既然人类是这样严正地在灭绝这些敌人，对于自己同类应该是仁厚地同等地爱着吧——然而事实上，事实上是不是能够（像）鹭鹚不吃鹭鹚肉一般地爱着自己的同类吗？

你看：这里有所谓种族，国家，社会，家庭，兄弟，父母，妻子……适应而生的又有炮火，军舰，士兵，刀枪，那兀大的战斗的集团，那不讲理的法律，那残酷的地方官——简单地说，这就是处决那小虫子的火焰，我们都是在这火焰上挣扎着的小动物——该死的害虫！

就是说盗匪，政治犯……他们一方面被称作人的同类，一方面又（被）认为（是）害虫而判处死刑。他们虽是冒了死去挣脱，亡了命向所谓害虫方面决斗，然而，他们终于只是像蝗虫一样的孤寂，像蝗虫一样兀自飞翔着而没有一个人加以援助，于是他被害虫加害了！那害虫，仿佛青蛙嘴里含了蝗虫一样在哇哇地呐喊着自己是个人类的小走狗的益虫！哪里知道这青蛙第二天又被乞丐用钩子吊了去，它死在人的腹里——这人，又怎样一来被判为盗匪死在枪刀里……

我们都是害虫，我们又却是益虫，眼看着蛰存在火焰中的小动物，又怎地被认为害虫的时际听候益虫的加害呀！

花谢以后

梅花又片片地飘落了！

一样的时序，恁地独自个踯躅在孤山，望你，想你——你那满受了爱的深创的可怜人。像去年一样，我将这落花残芬远远地寄给你，你——在那沉闷的奉化，我蛮想叫你开宕一点。对人世，对那缠绵断肝脏的爱的引诱而说：

> "花谢以后，无复旧日
> 风姿！"

以仁呀！你当时灵魂受苦痛，你当时辗转呜咽为这两瓣落花悼伤；毕竟，以仁呀！你爱她，你哀她，你，你——可怜的终于陷落在春风的抚舞绿漪的浮浪中而失踪。

> 在人间，
> 春风一样的依习，而你，
> 以仁！
> 花谢了，花谢了！

可怜我们误认了光明

狡猾的人用甜蜜的糖来诱惑苍蝇们，要它从小的空洞飞入玻璃瓶中；然后，那光明又紧紧地接连地欺骗着，要它们向外，向虚伪的光明把小小的身子永远牢络着。

已有两天了；那捕蝇的玻璃瓶中几乎全是些黑茸茸的小黑点子往来游动着——有些浮在水面上，有些两只透明的小翅翼黏在玻璃上，它们死了，它们都被光明诱惑永远逃不出这玻璃罩着的世界……

这一点又有些象征人间的生活；我们明明是从莫名其妙的境地来到人间，忙碌地爬在今日与明日空幻的希望上；没有别的生发，只是永远牢络在这一个似乎光明的玻璃一般的世界。我们虽然看见些小小的软弱的不久就死在水里，或是用翼翅黏在玻璃瓶上；然而我们从没有想象，想象那道从来的小小的口子，仿佛是黑暗的没有希望的地方。像培根所说："人们怕死和孩子们怕到黑暗处去一样。"一样，我们像小孩子般不敢备了棺材向黑暗地方去找我们的生活；只是忙忙碌碌来来往往爬在今日与明日空幻的希望上，永远逃不出这玻璃罩着的世界——可怜我们像苍蝇一样被虚伪的光明害死了！

七月十四日

穷人

车中，人坐在震荡着、震荡着闲寂的时光里，除了偶尔向窗外回旋着油绿的田野伸探之外，看几章书，吃些茶食，就这样什么事情也没有了。

已是午后，仿佛中夜一般车中人全都沉在昏迷的瞌睡中，我也为睡魔消沉了意志，恍惚地、恍惚地在辚辚的车声中倦怠着。

忽地，前面四等车厢中传出阵嘈杂，一个被扭住的穷人白了颜面流露着惊慌与恐怖。

"死脱啦！敌息时光跳下去阿有性命！"一个人操着纯然的苏州口音歪了帽子将穷人不管死活地推到这边黄制服检票的旁边，他可怜地兀自战抖着，口中在呶呶地分说。可是这口音又如他面貌一样地（令人）费解，在扰杂的车声中我们只见到他一种可怜的挣扎罢了。

车在乘着最高的速度推进；窗外的景物都成了模糊的线条。一种逆流的风丝散满在车厢中。倏倏地，凉凉地，使人感到爽适的意味。我也注视在膝上书文，不再用自己的眼睛看别人的闲事。

然而那事情终于没有这样简单，哄然的一声，乘客都从座位上站了起来，也有几个人拥出车厢去，头望着田野的稻波……我依顺着用目光再三地寻视，已不见了可怜战栗着的乡下人！

"跳下去……不好了！"

我心中特然受了刺痛，沉默地悲痛地回望窗外流逝的景物：空空的，辗碎了心地的，那又只在我生命的回浪中增下了些痛苦罢了！

七月八日于沪杭车中

同情

此刻，全是火一般的太阳炎焰在没有遮阴的马路上；蝉在远处嘶喊，人都睡在午后的昼眠中，路上没有一点声息，仿佛一切都沉闷着似的。我们只要偶然探头在阳光反射的窗外，就感觉烘热的刺探在我们颜面似的，觉得满是暑热的闷火——真是一刻也不能曝晒的时候。

忽地从窗口间透进来惨酷的呻吟，仿佛完全在肋攀似的：我好奇地伸出头去，看见一个像晒干的茄子似的少妇在这火红的铁板般的马路上转侧地滚着。想得到的地面在一百度以上的热度与天上太阳红的光芒，那痛苦……我们也不必说起，只是假定她是一个肉类，一个肉类像猪一样在火红的铁板上也要变成一只烤熟的猪子，何况……我几乎不敢再看她一眼，好像立刻就要抽肋着急死般那灵魂说不定要射在我身上似的……然而，我又不能放弃着她的究竟。

现在，这呻吟声像我的感觉般使邻近的女人们都如河蟹一般渐渐从石洞里沿出来。

"花浪浪！"一个太太从三层楼上撒下一把铜板。显然，这样一个掉在马路石子上的声浪，使人们重新感觉得这烈热的可怕与石子路的无情。于是又有一个人用扇子遮着头屈了身子亲自把一手铜元准准地丢在小铁罐里，又有一个女孩子听她母亲话语拿两个铜板丢在罐子里。于是丫头雇佣们也都相继地将硬的铜板丢在铁罐里……

这些，仿佛石头在泥里，铜板在铁罐里，虽然占据了一点地位，但对于这女人在烈日的光芒里所受的炎热与腹内的涸渴依然没有救益；不过说，一个乞儿在求讨，一个慈善家在眼睛看着四面当众行善似的；究竟这一个受刑罚的乞丐在昏热与病的内体中是没有得到些微的满足。所以她叫，她依然叫着：

"你们给我一口冷水呀！"

此刻，她已是每个人心中的可怜者。好像富翁家中的病儿的要求一样，无论怎样总要尽力满足吧。不多时，一个婢女听她主人的命令拿过一只大碗来，水的闪光晃动于远远环视者的眼睛中；她转侧着半个身子牛饮似的将一碗水吃得一点都没有，她依然喊着水，于是又有一个水果店的女主人亲自拿过一片西瓜来……

这些好事清醒了少妇的神志，她仿佛舒适一般慢慢地由一个黄包车夫仗义地将她拖到对面屋子的黑影里。

起初，他们——做好事的人——都丛集着看她那张紫红得像茄子一样的脸，看她在喘急。现在，那黑影，那黑影永远安慰我们似的轻轻地移过我们的感觉在风凉快乐的境地，使我们不再感到烈日，不再回味她的痛苦，仿佛一个女人坐在阴凉地上乘凉的事是多少平凡的没有趣味呀！于是我也回过头来在自己书桌上做我的记录。

现在，当我记到这里抬头向窗外去探索时，那女人靠在电杆上孤零零已没有一个人在旁边。这一种景象仿佛游戏似的看一幕悲剧的焦点。虽然有些著作者残忍的布局与我们以悲痛的同情，有时也未始不怨恨作家的故意弄人；但一到了真个如观众所想象的美满的结局时，那平凡的设施也就引不起人的同情了。所以，我们虽然一方面在叫女佣丢铜钱给那惨苦的少妇，一方面仍旧伸长了脖子在探她的究竟。仿佛人在山上看地面上失火一样，虽然在浩叹着不幸被难者的运命，究竟，究竟，我们是希望他把光延长一点呀！

人心总是一样，所谓同情原不过这样一回依稀的矛盾罢了。

7月30日于上海

我留恋那影子

妹子起先受了我的诱惑，嬉笑着解开了辫子，去了那扎上辫梢的粉红色的毛绳……

那是初夏的清晨，天气总是晴的，远远的工厂汽笛声，兵营里的掌号声；稍稍震破清凉郁馥的庭园中的空气；家人们都静寂地安睡着。

"你剪……但是母亲晓得了呢？二叔父晓得了呢？我可不管……"她两手解着辫发，回过头来对我讲。

"自然你不管，什么事体都由我一人承当，只要你肯剪。"我说。

"……但是，剪了不好看呢？剪了像霞姊一样呢？"

"你不想想见霞是怎样一副相貌？你又是怎样一副相貌？而且她

又是剃头店里替她剪的三块式，当然不好看的，你，你……"

"那末（么）让我来装装看……"

她将她披散在肩上的乌云一般的长发，折叠起来，像剪了一般的短短的发在颊上。

"看！你看，好吗？"她嫣然底地弯弯的腰儿，凑近着衣镜，我从背面看到她镜中的影子：她初醒后惺忪的神态，她嫩红的两颊，她那双小手儿……

"你说，好不好看……"她看到她自己那没有缺点的容貌，对于她剪了发后如何的美丽很有把握，她松了手，乌云一般的发，又披下肩来。

"你剪，让你剪吧！"

我认真地拿着镀镍的新剪刀，明晃晃锋利得刺人眉目，我想象破坏后这许多乌云般的发的命运……但是我不能把我心中的疑惑给她看见，我依然预备好了：

"剪下去吧！"

这时候弟弟忽地在旁边叫起母亲来。

"二姊要剪发了！"

于是，兄妹们都跑近来；母亲也生气着从床上坐起来：

"你剪，你剪！看你！"

这都使我感到时机的沉重。他们非常的注意引得我们都变了起先游戏的起劲。妹妹也觉得这事体仿佛是关系重要，抱了自己的爱丝，像是劝阻我：

"不要啦，我们不剪了吧！"

我微笑着手中握着这明晃晃的快剪，犹豫着将桌上纸片放在剪刀口，将地下的丝线放在剪刀口：

纸片碎了！丝线断了！我知道这可爱的乌发放在这剪口也一样的不能再接的断了。但是我留恋那影子：

"她嫣然底地弯弯的腰儿凑近看衣镜，我从背面看见她镜中的影子：她惺松的神态，她嫩红的两颊，她那双手儿……"

我终于颤抖着把她在锋利的剪刀下割断了！

西湖六月十八夜

　　柳丝弯弯，晚风儿吹皱了西子湖畔。

　　昨夜，凉凉的，像是新秋黄昏后，意态儿萧条！我们吃了夜饭，结伙儿从冷清清的小巷中出来。马路上凉风送出嚣杂的夜市：像是潮涌，又仿佛春田中青蛙们的呐喊。三五个哥儿姊儿，更有那爱侣情伴，这里飘来一阵幽幽的白兰香风，那边又是些细细的脂粉风息。我们从这些人丛间冲过去，到得湖滨，游人们都环立在河岸边，绵密地联成一线。看那些整装待发，装满了纸灯的船只，纷乱的湖影儿点点迷迷……我们也不再突破团团的环园，向四面去挨挤；就在运动场下了小船舒舒地吐了一口气向湖面漂去。

　　在船中，远望湖岸，千万盏灯光闪耀，天际浮着昏白的光芒。

游移着的马路人声车号，邻舟又飘来一阵丝竹，我们依着这风息，向浑黑的湖西漂去。避开这嚣杂的泛乱的地方，虽然，游船像闹市中的车子一样往来驶驰于我们的左右，但那些像潮涌像青蛙呐喊一般的岸上嘈杂的声音究竟逐渐地沉下去了。这些时候，我们既然从我们冷清清的巷中赶到这热闹的湖滨，为什么到了这里又要另寻清闲的地方呢？

我正在独自个深深地疑惑，忽地弟弟径指着天边那远树间的一团亮亮的光。

"看！天边的，这是何种的灯火呀！"

"那是月亮，那是放出的月亮……啊！这可怕的像失火一样可怕的光亮呀！"S仿佛深感似的吐出这沉重的语气，哥哥、姊等也依附着将游视的目光集注在东方远树中的一团黄白的光芒，看她晚装好了的面孔忽忽转向人间，她如雨前的行云一样忽忽急地迅速地上升，看她把整个圆阔的面孔回视我们，她微笑着飞出树林，悬在天际，沉黑的天幕现在已显得青白的晕光，水中也显着闪烁的波花。我们看见了对坐着的L姊飘动的鬒发；左右过船中女男们的面孔。可是，那漂浮于湖面的灯光，却依然浮游着在闪闪晃动。

我们的船在这样的漂流中，现在已行近平湖秋月，新新旅馆那些红白色的灯光从白堤的柳枝中透射在我们的眼帘。那往往来来如蚁如梭的影子，与湖滨一样显得掺杂。在船边，平湖秋月前面有一只游唱的小船像蜻蜓一样地停滞于中流，旁边依附着听众的客船，仿佛水上音乐会似的静静地集合着停在旁边，我们经过他们，他们那勾魂的如怨如诉的腔调就此笼络我们这一班无目的的游子的心胸。

"锚下了罢！"船夫停住了划桨求我们的同意。

于是我们也加入他们这一个清幽的赏鉴的集团，把自己的船儿停在波光歌韵中。那游唱者尖锐的响亮的声浪使我们回忆那时节女子们怨春的情调。

"划过去！"我轻轻向摇船的说。为的要见一见那歌唱者的风度。

"……"啊啊！这使我如何失望地从月光中看见他那可怜四五十岁的老人直了喉咙张大了嘴的可惨的面孔。原来是，他，他……啊！可恨那一个佳人才子凭空作了这伤春地怨曲苦苦地来遗害这老者的生活呢？

为什么，我们从来没有听见一首老人们凄感的衷曲。也从来没有看见一个同情的少年在叹老来的厄运，总是倚少卖少，我们那些自以为才子佳人们只管狂放地做自己的诗歌，到老来又是一个人孤孤寂寂像落英残芬一样埋在春风春光的底下夹了喉咙唱别人的歌曲……这又何苦来！

"去罢！"我们知照着舟子，要他快快离开这里。

以后，向黑茸茸的岳坟荡去。我们穿过了锦带桥，里面清清寂寂像是沉静了好些。没有浮嚣，也没有扰攘仿佛有点阴森的气概，幸而月亮已爬过孤山挂湖心，里湖也一样爱着月光的披拂。我们沉醉在凉风清意中。那边已有几只载满了花灯的小船一程程随行随放地将花灯漂在水面，弟弟们都欢腾着要追将过去，拉住它——那小小的漂浮在风波中的花灯，船夫也喜乐地迎面摇去，前面已有一两只花灯从船头边漂来，小弟弟伸长了手一把向前扑去。船身即时随着摇荡起来，那花灯忽地被水浪浸透了纸瓣，小小的烛火也熄灭了。

"那鬼火，那鬼火！"弟弟生气地咒诅，他们失望地坐在坐板上。

湖灯游散地漂浮于四方，那鬼火依然在漂荡。

七月十七日午后作

112

羊角车

想想看：现在有一个人坐了吱吱咯咯的羊角车（在）马路上（被人）推着的样子！那你们一定很奇特的要笑着笑着的当一件新闻罢。然而，这时候，你们知道这里却有一个人正在怎样切盼那羊角车的声音而渺茫地不可期待呀！当然，这种切盼着的原因并不是因为羊角车有点诗意，更不是那些"茅屋半间，田一方"的文人逸士清高雅洁的话，他渴望那吱吱咯咯的羊角车的声音正是像吃饭一样，是一种蠢笨的野心罢？

在杭州，只有这一个专门学校离这城门迢遥，那边虽然有火车有汽车，然而，这班车工们都做惯了"挥金如土"的慷慨不计的志士，他们不管大禹陶侃这样神经质地说："一寸光阴一寸金。"又加上一句"难买寸光阴"的道地话，他们依然不以为意地将那些火车时刻

113

表上的话随便抛下去，所以虽然他们明明白白地说："上海北站往笕桥要下午三时五十三分到，而实际上——现在他着了小淋淋的一身衣服，草帽，白皮鞋，已经从四时到六时半卖票处里点了美孚灯后，还只是听得几声铃铃的电话声吧！"

他因为要饭吃，不要命地在二三十里之外兼了几钟点充军的课，今天早晨五点钟起来之后就坐了两个钟点的黄包车到得校里，那时候，天昏昏的，自然他没有想到下雨而带着雨丝，现在天又忽地下雨——那末（么）大的雨！这很使他心中担忧下午归去的事情，他仔细地心中思忖，只是事实上仿佛总不能替他有所解释，或许……"下午会得晴罢！"他终于只得将自己的苦闷寄托在命运的身上了。

命运终只是命运，或许也只是或许，到了下午最末一课的时候，雨下得更大了！天也阴得更惨黑了！他虽然在讲堂上一边对学生讲一句，一边又怀希望向窗外看一看：

大的雨点落在梧桐树的叶子上，

水流从屋檐上倾流而下，

那渺漠的潮湿的气候。

许多烦躁的思意，

束缚着——我的心绪，

归去呀！如何？那远在二三十里的我的家呀！

他们有舍可归的学生们依然在用心地完成他的绘画——一直到下课钟后，他在匆匆整理画卷，一个学生和平日一样地拉住他：（未完）

英水兵的棍子

那长鼻子凹眼睛的红毛人呀！

从法租界到爱多利亚路，我（因）见到马路边一块路牌写着这样冗长的路名正在生气。为什么好好的路偏要这么复杂这么难懂的英字的译音来作名称呢？这可恶的长鼻子凹眼睛的红毛人呀！

你们也知道，这里走过去不远就有一个跑马厅，我就伸长了脖子仰望那高大的洋房，心中虽不甘，然而究竟也不能不看一看；那一格格、一格格窗门中，现在，现在，许多水兵都穿了紧身的汗衫或多赤了膊像剥皮老鼠似的扑在窗口。他们都去乘傍晚雨后的凉风，游视市街上往来的人众。

"他们……"

我正在向他们仰望，忽然感觉

得一阵风从我身边而过，同时，同时！！呵！还说什么呢？我的拳头被一根木棍打了一下。四个英国水兵每一个捏了一根一尺来长马鞭一样的木棍，不以为意地昂着头尖着鼻子走过去。他打了一记，仿佛黄包车的轮子轧在路边睡着的狗尾巴一样自在地去了。

这时候，一种发狂似的暴怒的速度，顿使我脑筋中充满了血。我想，我想追过去将他横着的木棍夺下来。于是我的步子也紧一步地追从着长鼻的影子。

他们四个一行列依然自在地用右手调动木棍，左手拇指与食指转动着做出轻浮的声音，挺直了身子向前走去。我紧紧地跟在后面，几乎再要碰着他的鼻子，冷冷地尖利地看他们像猴子一样的眼睛从黑的帽檐下偷看露着臂膀突着乳部的俊俏的中国女子。并且，他也用木棍转动着触着她的肌肉。他们于是又狞笑着转过头颈游视那女子的背容，即刻，又用尖的鼻子、凹的眼睛、庄严的神情遮住以前的轻浮。我在他后面，这时候依旧在他后面紧紧地跟着；虽然自己青紫了脸冰冷了手在怒目地注视，故意把脚步沉重地踏在他们走过的地点。但他们，可恶的红毛人，一点也不睬看我自在地向自己的路走去。

"喂！"

我想把我胸中的沉闷，用响亮的声音喊出来，并且……你们也不能说我是懦弱。在这时候，我的确想下手，下手打他一下，或是简直把他的棍子夺下来。多痛快的我在高鼻子的脸上打他一下，然后，然后我按住了教训他：

"你那长鼻子的红毛人！你野心的没有肝脏的鬼子！你鄙视我们，你玩弄我们。你更任意地用你的铁蹄子踏在众兄弟的胃腹上。为什么，你来，你来用木棍打在每一个路过的人。你用铁蹄，你用长脚，你用灰色的制服压逼我们，如同灰色马踏在野草上一样，而我们在你的底下憔悴了！你来，你们来！……我有拳头，我们有更浓于你的热血。想想看恶蛇虽常常吃老鼠，也有一天，总有一天，老鼠用尖利的齿咬断你的咽喉——你来，你们来！我们用我们每一个人都有的天赋的杀人的决心来划出你那出了水的血，出了气的肝脏，并将你残忍的心——啊！你们那紫黑的坚硬的心肝有什么用场呢？我必须用尖的刀……不，我要亲自用我的齿牙……"

我不想旁一个母猪样肉团一样的着着薄纱露出两臂的玫瑰红的肥胖的搽满了粉，涂了胭脂的红毛女人……我便迎向在她肉粉粉的臂膀上撞了一下。她怒目向我闪了一闪，嘴里呶呶地仿佛在骂我混蛋似的。

"你这洋鬼婆！"我老实不客气地轻轻地骂了她一声，而一个水兵像是愤怒般转过脸来：

他那高鼻子，凹眼睛，一股红毛气味喷在我身上。

现在，那南京路上，丛茸茸、闹盈盈的车马人众中，忽地失去我前面的对手，远远地看见他们长脚的晃动渐渐移入永安公司。

呸！你那全是英日货的没有良心的永安先施……大商店呀！总有一天，总有一天，来吧！我们斫断那长腿子的鬼影，泯灭了经济侵略的势力。我们不要，我们不要你们这为外商做走狗的店铺呀！

七月廿三日于上海

又是一个红毛人

傍晚，正为那疲倦的凉风吹沉了意志，一个人扑在露台上闲看马路上过从的车马……忽地，在我对面一个穿短靠子的乘了自行车在人的旁边撞了一下，那人，就因为忍不住一口气，一把扭住这短靠子的，凶狠狠地……实在，事情是很简单，我也决不想再看下去，然而，事实上，他们扭住了之后，短靠子的被扭得又忽地显示着自己的威权，向那穿着夏布长衫戴灰色拿破仑帽钮上有金牌的人挣扎起来，于是，扭他的人也更生气地理直气壮地，响起喉咙来：

"去！去！看你有什么本事？"

那穿短衫的仍是无所惧惮地与他扭着走进对过的弄堂中，路旁本是些没有事的人，现在，仿佛捉到了什么似的都哄哄地一同挤进去。

"为什么呢？"我正在向他们两个人兴叹，并且，实在地说来，我的意思也有一点袒护那短靠子的，他仿佛很可怜地，"错上撞了一撞只叫说一声抱歉就是了，又何必这样大家争着一口气扭作一团糟呢？"

我的理智虽是这样想，然而，好事的性情，总还是将我的眼顺着这一团人游视到弄堂里。

"有什么事情生发出来呢？"我们都仰望着这乱哄哄的弄堂里。

即刻的，仿佛蚂蚁叫娘一样，一个向洞里转了一转，就匆急地深恐失了食物似的赶出来：起初，那一团好事人乱哄哄地退出弄堂来。眼睛似是向后面望着，望着……那望着的东西，终于走弄出来：

一个红毛人，不知怎地，一个红毛人突如其来地从弄堂中仿佛押着戴灰帽子的匆匆地出来。显然的，现在他已不能像以前一样的昂然浩然。走到马路边，红毛人用一只指头指一辆汽车命令他坐进去，任何人都知道，这里请他坐汽车并非好意。那戴灰帽的人也一样不愿意跨进去，他想避入弄堂口自己的屋子里，他畏缩，他犹豫地在红毛人后面，样子也太不英雄，太胆怯了。

然而那凶暴野蛮的红毛人很机警地转过身来：他不幸竟被逼跨上车子。那红毛人像他鼻子一样尖利地严肃地随后跨上去，跨上去，灰色帽子的坐在他旁边，忽地像不胜其压逼似的现在又匆匆立起身来。他总免不掉一些畏缩的人情似的在招呼底下一个着西装的与他一伙的少年。他要他也一同上来，为了适合有祸同当的朋友之道。然而……一样的怕着那红毛人与人都怕着猩猩一样。他只在人丛间闹着没有主意地总不把他的步子向汽车来。于是灰帽子的人喊着，喊着……车子在吐着气。人哄然像送丧一样地送着。他终于慌了！他终于出其不意地从那将开的汽车上红毛人的身边跳下来像老鼠一样跑进弄堂口的屋子里——我们都咻咻地拼着气看这一个变动……

　　那红毛人，也像猫一样的迅速，从车子上跳下来。与灰色帽子的差一步，他真个追入老鼠的小洞里，一把，一把，满满地一把，他把一个无处可逃的小老鼠倒拖出来。这一次他可不留情地像处置一个盗匪似的捺他上车。上车，那灰帽子钮子上挂着的金牌闪出黯淡的光芒。他仿佛说："再没有反抗的力了，去罢！"

　　乱哄哄的马路上许多人都在寻觅一个中心似的在发表自己对于这一回事的意见。这时候一辆自由车从人丛中走出来。那短靠子的，在自行车边跳上两跳飞也似的向汽车去的地方驰去。人都用眼光送他过去。他是红毛人的用人，他就有权力撞了人众还得依仗红毛人送人到捕房里去。

"一个走狗！那该杀的红毛人的走狗！"我用鼻子恨着。

　　这时候路上的人依然是哄哄的议论，沿街的楼房，都开了窗子伸长了头望着路上。太阳渐渐沉下去。间壁一个红毛人的住宅中咿唔地送出平静婉转的赞美歌声，那钢琴也在深远地应和着。这时候一种强暴的影子，与不关痛痒的优美静婉的乐歌错杂地扰乱了我的心。可怜那灰帽子的金牌的闪光黯淡了！

自然的欣赏

宇宙是个大自然。人生长在大自然中，像鱼在水里的不感觉水，虎在山中的不知道山一样，很容易忽略了环绕在我们四周的"自然"。所以在单调的生活境遇里，一碰到休息的机会我们就去游山玩水，享受一点"自然"的赐予。其实这里所谓"山水风景"供给一般人玩赏的迹象，在乡村农人看来，觉得并没有"赶街子""耍大街"那般有趣。同是一个"自然"因为观赏兴趣和习惯的不同，就有相异的感觉。这里面关键在于人类需要不绝的变化。城里人看到乡村，城外人看到大街，都是一样地合乎变化的原则，所以他们都能以一个新异的眼光去鉴赏同样的"自然"。

因此，我们应该了解"自然"是随时随地存在着，问题是：如何去发觉？如何去欣赏？

西洋人对于游山玩水比中国人还要感兴趣。但他们的游山玩水，真是着了短衣，背了干粮篷帐绳案钉鞋，爬山过岭滑雪跳水，做一个十日八日"全武行"的大运动。每逢休假日，只看见青壮年、老年、少年、男女大小只要走得脱身的全都背负行装，从城市挤出到乡村之路，过他们休息养身在自然间的健康生活。

这类游山玩水的办法，似乎比较着重于"身"的锻炼，而少有"心"的修养。但是他们不仅赏鉴"自然"，并且在可赞赏的"自然间"实实在在地生活。他们已把"身"和"心"打成一片。

中国知道赏鉴自然的，可以说多半是"文人"，不但是"文人"而且要"雅士"式的"文人"，所以他们的对象多半在"山水花木"之间。只有"松风明月""落花流水"那种时机，"野渡无人"那种境遇，才会"徘徊凭吊""留恋不归"！所以中国的名山一定远离烟火，上面一所年湮代远的破庙，建筑在古木参天的林荫溪涧的近旁，坐着滑竿上去的人，坐在庙里，呷了一口清茶之后，于是探首窗外，对飞石、鸣泉，以及那座几乎要倒塌的庙堂的一角，凭吊叹息。好像自己也要随飞石、鸣泉，跳下高峰，与这名山、古刹共千秋一般，诅咒现实人生的无聊，终于"百念俱灰"废然而返。

在像上述高山、破庙、飞石、鸣泉的环境中，所以能对我们坐了滑竿上去的"雅士"之流，起了不少颓废的感情作用者，因为"自然"在受了中国"雅士"传统的歪曲做作，已经成了一种病的躯干了！这种现象随着历史下来，一直到抗战五年后的今日，还是没有显著地更改过。所谓"幽雅""脱俗"仿佛就是"消极""出世"的一种搪塞。"幽"到像"幽灵"，"脱俗"到"不知魏晋"，这种人的存在与否，老实说，与现阶段的中国是并无关系。我们要用"自然"来激发我们蓬勃的精神，并不是要它加上传统的桎梏引我们到自杀之路。我们要用"自然"来刺激我们的情感，并不是要它来麻醉我们的心灵。

像上面所说过的，"宇宙是一个大自然"，人生活在自然间，实际上，无时无地能逃出自然的圈子。要欣赏"它"就是我们生活的本身。你看，炼钢厂的烟囱里，冒着像火山一般的火，坦克车像麒麟一般地在地面爬行，飞机，防空洞，掺杂在自然中的一切，就是我们目前战时生活的本体。不要坐滑竿了，穿着长衫的雅士们！用自己的腿子，爬上跳伞台的石阶，从钢骨水泥的窗台上，你可以看见一朵朵飘下去的跳伞者的白云代替了"飞石鸣泉"。下去吧！假如你有胆量，你也会练成一个袭击东京的伞兵。

我们要用这样切合目前战时生活的"自然欣赏"与"游山玩水"来做假期中有益于身心的练习。

"自然"在目前，应该增加了多少现代武器的影子，不要以为只有"名山大川"才是自然的正体，"凭吊叹息"才是赏鉴的方法，我们要用"现实通俗"来代替"幽雅高超"作为鉴赏自然的原则。

艺术评论

高根① 在答伊底②

罗丹（A. Rodin）说："艺术上所谓美丑的问题，不是一般人所感觉得到的美或丑的形式，而是在一切物件的有无它固有的特质（Caractère）。换一句话说，凡一切缺少外表或内在的真实性的东西，才真是艺术上所谓丑恶的东西。"

然而如今为科学的进步所颠倒了的世界，人坐在一小时可行二百七十启罗米达（即"千米"）的飞车中，那一切自然间罗列着的山丘林泉、草木虫鱼，不都变为灰白色的线雾，什么也都磨成粉末似的不可再见了！此外如巨人一般狂鸣着的无线电发音机的嚣扰，用纸板木斤装置成功的电影中的布景；吃人造冰淇淋，住人造砖石的房子，

---

① 编者注：高根即保罗·高更（1848—1903），法国后印象派画家、雕塑家。
② 编者注：答伊底即塔希提岛，是法属波利尼西亚群岛中的最大岛屿，位于南太平洋。

穿人造丝棉（绵）的衣服，加之假金假银，假头发假乳房，假山假泉，假太阳假星星假天空风云……科学那般傲狂地使现代的人生远隔自然之后，将假冒的、人造的东西来欺骗世界上那些可怜的生灵。假如说连生灵都是假的人造的倒也罢了！不幸实际上生灵总是有生灵，生灵所感受的却是实际上的欠缺与破调！

　　有罗斯金（Ruskin）这种呆子，为要避免现代科学丑化了的世界的嚣扰，为要实现他理想的真实世界，终于毅然决然地在 Mickley 附近经营他的 Saint George's Guild 组织。不料在二十年之后，还有这一个彻骨地厌恨现代虚伪的社会的画家高根（Gauguin）也同样地为追求还未被文明"伪造"过了的自然之美，而开启他答伊底（Tahiti）的旅程。

　　这是一八九一年的一个晚上。高根站在一家名（为）Cafe des Varietis 的咖啡桌台上，对环绕着他的许多朋友、画商、收藏家，开始他出发答伊底之前的一篇演讲。

　　"亲爱的朋友们，巴黎已使我厌倦了！因为我是感觉生活在巴黎，结婚在巴黎，学画也在巴黎。就是诺芒地（Normemdie）、布列塔尼（Bretagne）那些我曾经试验过，要在那里画出一点画来的地方也同样使我厌倦了！我做过舵工，也当过水手，平生只有在那个时期，还残留着几多好的回忆。我对于你们的和爱是非常感激的，尤其是我的好友 Yean Morēas, Gharles Morice, Schuffenecher；然而你们，那些关于象征主义（Symbolisme）及综合观（Synthese）的争辩，实在使我讨厌！

"因此，我逐渐地愈弄愈觉得听见'海'对我的呼声。我要出发到海洋去，并不是含有一种至少要发现一个新的岛国的意念，我是仅仅于要找到一个我以为还未曾开化过的童地（terres Vierges）去绘画。我要到那儿去看裸体，看那些习惯了赤露的男人及女人的裸体，那些非赤露了不能生活、幻想、恋爱的裸体。是你们的，你们那群男人们的裤，女人们的裙，实在使我乏味了呀！我相信，即使是有一天你们脱却了裙裤，自己以为裸了体的时候，然而无论哪一个总是被我发觉了是一个不知裸体的人。因为你们总是僵手僵脚，生棘，不惯常；觉得你两只手臂是异样的畏缩，想要遮盖你们性器官；甚而至于连走路都不知道。

"有人和我说：'在答伊底的土人确是裸体生活，而且都是纯厚的好人！'所以，现在我已坚决地要出发到那里去。不过有一样，你们都明白：我是一个穷汉，并且是一个愈弄愈穷的穷汉。假使我去，我到那边去绘画——我是如何热烈地在冀望着呀！——朋友们，你们能帮助我吗？你们能稍许花费一点你们的钱，来换得我用整个的心与努力所作成的画吗？"

"是呀！是呀！"朋友们、画商、收藏家都异口同音地作一个肯定的答复，而且，即刻，乘欢聚时共同系连着的热情还没有消散的时候，大家成就了一个最完美的互助的盟约。

到了答伊底之后，高根即刻就感觉到那些布道者、地方官员、祭司、牧师、垦荒者以及一切无聊的东西，已竟是一个真正文化的组合，帕皮提（Papeete）首都，已完完全全为这班人占领，这班人糟透了！在那边生活，与在蒲淇（Bourges）或利冒淇（Limoges）那里同样的蠢笨。

然而他不但没有灰心，而且是埋头在画笔里，不息地作画。他在距帕皮提四十五启罗米达的麦打伊阿（Mataea）地方买了一间小木屋（Case），他在那里画了许多画之后，又去法乌爱（Faoue）一带，就是在这个地方找到他恋爱的对象，与可爱的答伊底姑娘戴荷拉（Tehoura）结了婚。

这一段他生平唯一的幸福时期的生活，都详叙在与好友达泥耳·蒙弗雷特（Daniel de Monfreid）的通讯与他手著的《奴阿奴阿》（Noa-Noa）书中。

然而不多久，准备着的金钱已花费完结；他寄回许多画回去，等待着巴黎友人们实践临别时的约定。不幸的，当夜欢聚时的烟雾早已消散：孤独无助的高根只能可怜地转回法国。正在他穷困万分踯躅回国的时候，幸而有他一个叔父死在乌娄翁（Orleans）而留给他价值一万三千法郎的金洋。

高根回到巴黎之后，综合了他在答伊底画的五十幅绘画假求浪（Durant-Ruel）画店开他第一次回法展览会。这个展览会中只卖了极低价的十一张画。

他暂时在物省切多别克司（Vercingetorix）路中设置他的画室。将所有从答伊底携回来的土人装饰品、土人日用器皿等等一切从旅行中得来的纪念品，都陈列在画室中。

然而海的呼声重新又向他袭击！

同时他的友人与艺术家对他也只有"再到答伊底去！"的音调。是的，高根只有在答伊底能绘画，只有在答伊底能产生他的艺术。

友人、画商、收藏家，对他同情的合奏曲又重新使他无迟疑地坚决了再出发答伊底的勇气。一切友人资助的条件，这次是非常稳固，非常正式地订好了！大家已决定不再让他在岛国上受困难，只要他到答伊底之后，陆续按期寄下，这是一个忠实的表征，极好的济助！

高根是接受了——他将浮荡着的希望寄托在友人达泥耳·蒙弗雷特身上；战栗着此后无定的生活，在大众推送之下，重新又开了去大洋洲的门。

就是从这个时候起，他永恒的不幸开始左右他的命运。这在他致好友达泥耳·蒙弗雷特的通讯中，我们可以感受到他真正的遭遇，与不尽的忧患！

一个没有臂助、没有经济来源的人，所画的画也还在郊野上没有为社会所公认，我们应该明白为什么，朋友们借债给他，朋友们一点也没有迟疑地与他订立资助的条约呢？原来高根还债的方法是以画做交换的。他的画虽然现在不能卖，或者卖得不贵，但是谁知道它就不会"涨价"了呢？他画中的故事，他裸体男女的表征，笨重的脚趾，热带中的树木，大得异乎寻常的像戏院中用橡皮或绒线做出来的水果，在巴黎这种大都市上，欢喜变换的社会中，无疑的，多少总可以引起巴黎人的好奇心。然仅仅靠这一点无可捉摸的臆断，就有能力使高根安居海外受用不尽吗？所以他如今第二次的厄运重新开始！在这种金钱的缺乏与友人的不顾信念中，好像还不足以致高根于死命似的，同时又加之健康上的破裂。

他一方面染了杨梅毒病——这病在当时尚不知诊治的方法；加上湿疹布满他的全身，一个折断了的骨骼的沉痛。他既无法圆一温饱，又不能与紧逼着的寒血病争抗——他几乎一点也不能画了！

生活这样被多方面的压逼，有一天他用毒药自杀而被救。他在孤独的生活中已变成一个被虐待在铁笼中的猛兽。他打警士，他仇恨殖民政策，他发行了一种报名《沙帝利克》，只有几版就中断了！他肉体与精神上的病态到这个时候已达到极端，为了要买油色，而进到帕皮提桥梁道路建筑所去做事。终于在痛苦的侵蚀与残暴中作成他最重要的画。

然而困苦的生活使他永远在烦躁中无可摆脱！病死在荒野的岛国。

这里我们从他致友人达泥耳·蒙弗雷特通讯中摘下来的几节里看，就可以知道他在岛上的不幸的生活：

"……来信已迟延了二十天，我计算着我那关系重大的展览会，是如何在热望着呀！然而我所期望到的，却是不幸与 R 君的事件，当然我是不满意的！但是我并不是不满意于你，我的好友！因为这不是你的过处，假如在你的地位，我也只能同你一样的处置；然而这真是厄运，你是已经知道我对于 R 的意见……这是一个最险恶的鳄鱼。你是说八幅小鱼——三十号的画布，竟这样小吗？——那末（么），你所开的展览曾一点都没有卖出，而且 R 以他所收有的画，差不多足够一年的摆布。就是说那仅有爱我的画的顾主，已全为 R 包揽去了。

"咳！如果那些旧画用低价卖给任何一个简单的收藏家倒也罢了！可是卖给 R……一切的消息都变为灾难了。这是一个不知廉耻的人。只要为他自身几个铜板的利益，就会使你陷落在不幸中而不顾。假如不幸你第二次又要请教他的时候；那时，他为了上一次的成功所鼓励，就得更凶恶地给你一个较前次少一半的价钱。还有那不爱脸的 C——有谁能当面给他一个教诲呢？——那可怜的萧豆（Chaudet）在这个重要的时际还是害着病。而且万一为了意志的独立，将来你们两个不能再来顾到我的时候，谁又来帮助我呢？我明白特轧（Degas）与乌华（Rouart）他们一定会纵动 R 要他收买。因为他们要避免以苛刻的价格收买我的画的名声，情愿从 R 手中转买了去，而不愿直接向你买。

"我重新又感觉到前途的黑暗，请你设身处地地想一想。总是生病，我也不知道究竟什么时候才能开始工作；因此，一九〇〇年九月之前你不能再接到我的画件了。这样的情形，一点不能卖出是很可能的，那末（么），虽然你寄给我那些钱，但五个月之后，我将空无所有了。一个人落了后，什么地方都受着损失。从前因生活压逼而不得已去做公共事业的时期，伤失了许多时间：我回来看见我的小木屋已变为非常可怜的境况。老鼠损坏了许多物件。一集非常有用可为参考的素描，完全为虫蠹所毁坏，一幅未完工的大画，也为这些可恶的虫子伤害了。我从我的两只手中又拿回我的勇气，一方面为你上一次卖画的成功给我自信与安定，我已经较前快了一点；太快了（我今天才觉得）。然而为了要修理这可怜的木屋的境况，重盖屋顶，拉起我的衣服的箱橱，我必须这样快工作才对！因为我一个钱也没有了。

"我一点也不明白我最近寄下画的外观会如此样的不好；定是运途的时候为我损坏了罢。

"你说颜色要多，……然而用什么钱来摆布？就说我是神于色彩。请你自己看，有多少粗糙的画布已涂满了！而且在厚的色膏上工作得快是非常危险的；尤其是在热带上，应该日常用心地去处理色彩，至少要等待上一板颜色完全干燥了之后，否则你就陷落在泥浆中，一切色调变为灰黑了。不过在我第一次到答伊底的时候，我的画面比现在要薄得多也不见得变坏，或者画面的变坏并不是这个问题。

"请原谅我这一封拉杂的信。因为我是非常急躁（的人）。这次 R 对我的打击，真使我神经错乱，夜眠不安。一个才进医院的医士不知有什么因缘，对我特别好，表示自己肯定要治愈我，然而他说这是一定要许多时间。因为我的病是非常复杂的顽疾。原来是湿疹加之瘴疽及瘴疽的破裂就变得复杂了！

"为什么去年我不死呢？快要五十一岁的人了，心疲力竭地支持着的长期奋斗在最近失败了之后，我的目力一天坏一天，我的身心感觉到的只是倦劳与疲殆！"

一切高根的通信都是相仿的：为金钱问题，与账目的清算，或是不能如约交付，病痛等等。

不过至少我们可以明白高根总是孤独地奋斗。他从海外来周旋一切想中伤他的人。他极爱蒙弗雷特；而且有事实可以证明，因为他总是几次三番用同样的请求向他噜苏。在所有通讯中，不是为索账，就是为讨论画的价格，关于这一类的算计高根是不会厌倦的，如果没有极深刻的交情，蒙弗雷特如何能够接受像这样子且无文学也无诗词意味的通讯呢？

而且这类信来得又这么远，所带来的有这许多账目，与争论，在存欠的两个字上。这简直是一个乡下小本借款人与一个巴黎的债权在争论的文件，哪里是一个艺术家的信呢？真使读过他所著的《奴阿奴阿》有精彩的几页，那情绪的描写可以歌诵得不下于绿蒂（Loti）所著的名作的人怀疑是同一个作者了！

当然是，大家都明白。如果高根是一个画家，他就得同时是一个计算精明的人。因为，没有一个著名的画商臂助他，他至少也得自己设法活动，而不时销售几张画。不然他已没方法可继续绘画了！蒙弗雷特时时要寄给他画布、胶水、颜色等等。

"不错的，有人说，为什么要充军一般去得这么远呢？"真是，在本地，随便哪一个画家先生都要比较好一点地照顾自己的行业！自己为自己高声的颂扬，自然而然就会出名起来。设法缠绕一个画商，或一个收藏家，不到他信服不中止；然而在答伊底，又怎么样做到呢？这并不是高根在一百三十二号信上曾对蒙弗雷特说过："一切我在第一次旅行时画的画都是出卖的，在那一堆画中随便哪一张，用随便什么价钱卖，就好了！"那些收藏家就会争先收买。那些顽固的冬烘先生具备了硬的脑袋，总要经过长期的迟疑，与沉重的思忖。

然而高根应该到那边去，到海的那边去，而死在那边。每一个人，平凡或是多变的总有他的定数。这里有田园与天空的不同。许多画家——多半是极可尊敬的——生来就是一只母鸡，一只鸭子，或是一只火鸡，他们一生只在田园中，没有离开一步。有些画家却是鹰鸷一般，他们要翱翔在天际。高根最大的错误就是不去勾结官厅。假如他去答伊底的时候加上一个海军部或殖民部大画师的衔头，他就不至于膺受这许多苛酷的刑罚，而亡命于海外。

1933年9月3日于巴黎

在法国博物馆中所见到的近代中国画

据说中国文艺是复兴了！

不管大师是谁，祖宗有几个，只要中国文艺地位不像国际地位一样的沦落，我们就是做徒弟、徒子徒孙都可以，因为在这里（巴黎），除掉博物院美术馆中有几许古代的瓷器、绘画、雕型之外，近代的中国人，那些埋头在试验室、工场、研究院为国努力的中国人，似乎忘记了祖传国宝似的，没有看见现代中国人在那些博物馆美术院中，比日本人落后得多了！

一个法国当代外国美术馆中，就没有中国人的画。还是一九二八年，有一天，偶然买了入门票进去之后，不见中国画，当时为顾全面子起见，不得不在日本画之前瞻仰一回，然而自己的良心是非常痛苦地在冀求：如果（有）一天同胞们的画也能高挂于此壁而与日本及其他诸国抗争的时候，我们也有颜面了。

后来在《申报》上看见某先生杰作由巴黎国家博物馆收藏的专电。当时本人在里昂，惊喜欲狂地即刻想到巴黎去看看这幅挂在外国美术馆中的近代中国画。

第二次来巴黎是一九三一年十月，到巴黎的第一天就与L君去参观法国当代外国美术馆，不知怎地，当时只见到一行十余幅Ecole Japonaise的画，并没有发觉一张中国同胞的作品。据L君说他确实在这美术馆中见过一面某先生的杰作，然而现在却忽地不知去向，"或许是转到罗森堡美术馆中去了罢！"L君笑着说。

非常失望地出了画馆，好像中国国际地位依然没有变更似的，我仍旧展望着新的局面。

前天在报纸上看到法国国立当代外国美术馆中添设近代中国绘画室（Salle de la Peniture Chinoise Contem Poraine）的消息，充满着欢喜和冀望地，我即日就去参观。

所谓近代中国画陈列室是在美术馆第一层楼上左首第一间陈列室（日本画室的邻室）。全室共容十二幅精装在玻璃框中的国画。据法国报纸讲，像这样联列着中国近代绘画，在一个外国画馆中还是空前第一次。这并不是法国人笑我们的话，事实上我还是非常欣幸地觉得第一次总比没有一次要好。如今我们终于有一天与日本的绘画在一个美术馆中并列着。这里，你可以将日本画与中国画与其他各国绘画比较着得到一个自己的认识。非常凑巧地，我仔细检点在近代日本画室中陈列着的画不多不少的，只有十二幅。看他们用了图案似的那些鲜艳浮薄的彩色，看他们用了板印似的那些纤细造作的轮廓，较之张大千、陈树人两幅沉着和温雅的色彩，较之徐悲鸿、齐白石、高奇峰的严整的笔力与墨色气分，自然有一点雅俗不同的感觉。不必说这一个对照予我们以非常坚固的自信力。觉得中国画是有中国画的品质（Qualite），中国艺术自有中国艺术的超特。我对于这十二位英雄，这十二位值得称扬的作家自然表示我最深切的崇敬与爱戴；不过在这一个中国近代绘画示威运动中感觉得不足的，就是在美术馆收藏的十二幅中国画中，近代的意味实在得太少了，都深中了几个世纪以来传统的流毒，这时候，我们的艺术家似乎应该扬弃了冰炭一般的尸骨，来与社会生活奏同调的谐歌了罢！

一九三四年，一月三日于巴黎

附：巴黎当代外国美术馆中国近代绘画陈列室位置图：

甲、楼梯

乙、日本画陈列室

丙、中国近代绘画陈列室

1. 张书旂《桃花》

2. 方药雨《小鸟》

3. 郑曼青《墨葵》

4. 齐白石《棕树》

5. 张聿光《翠鸟》

6. 徐悲鸿《古柏》

7. 陈树人《芭蕉》

8. 经亨颐《兰石》

9. 汪亚尘《消夏》

10. 高奇峰《帆船》

11. 王一亭《达摩》

12. 张大千《荷花》

中国新艺术运动过去的错误与今后的展望

"五四"以后，关于理智方面的新事业运动如文学、音乐、戏剧等都有了相当的进展，都有了相当适合于现代中国环境需求的新的雏形。只有所谓新艺术运动，曾一度呐喊摇旗之后，搬了一点西洋的皮表，在抵制洋货的国故画家的摒绝中，如一个没机轴的游轮一般，十余年来只是在因袭、模拟的艺术本质之外徘徊踌躇，而没有一个固定的动向与轮廓。

一向是趋驰于虚玄、神化、气韵的离现实生活太远、太超脱的精神质的国故画，原是要不得的。后人不知神化自然，却只在 Génie 的杰作的外表来观摩，于是仿某某山人笔法这一类可怜的抄袭者倒替代了中国的 Génie，而传之徒生后代。中国画精神的死灭反是很久以前的事了！

一 新艺术运动的产生

怀抱了挽救中国艺术的野心，觉得中国艺术之所以冷酷虚空的原因，是在艺术家之不取法于自然。纯化或神化自然是艺术家应有的态度，而要一个不了解自然的人去纯化或神化却是不可能的梦想！所以要挽救中国艺术，必先求中国艺术家之接近自然，回返自然。"五四"之后，幸亏几位艺术界中的先知先觉，从欧洲搬过希腊雕刻的石膏塑像、静物、人体模特儿等，在中国艺术界沉寂的半死了的空气中，从传授秘诀的中国画教学法变为学校的形式。希望中国青年能在大自然中引受一点"真实"的印象，而去创造新的艺术！

二 过去的错误

像这样的用意与方法，的确是挽救中国艺术的唯一的道路。然而一直到现在没有见到中国新艺术的定型的缘故：

（一）中国国画与洋画的分途

为了要中国国画家接近自然，为了要中国国画家引受自然，于是才设立学校，应用西洋现有的成法，使中国青年由领会而摹写而纯化而神化自然。这里，因为现实方法的必需，觉得中国固有绘画用材之不完备，于是才采用木炭、油色、西洋的用具来作中国新艺术表现的工具。事实上，却仍旧要中国人的精神来施用来表现，并不能因为鲁迅的《阿Q正传》印在道林纸上，阿Q就变了洋鬼子，阿Q传就变了洋文。然而，我们中国国画家，正如国医与西医一般，与这些采用石膏模型、静物、人体，用木炭、油色的画家俨然造成对峙的形势。另一方面这些被称为洋画家的本身也分明地对于用宣纸、花青、赭石、墨色的画家存了各异的心眼。于是乎艺术或美术学校有国画与洋画系的分科，展览或陈列所（以）有国画与洋画特殊的标题；于是乎爱国之士就批评洋画家为不保存国粹、为甘心附异；于是乎醉心欧化者唾骂国画画家为冬烘、为守旧。

事情到了一有成见、一有意见就很难说到是非的地步，更没有互相采纳的可能。于是反乎当时提倡中国新艺术运动的先知先觉的本心，国画家为保存国粹，硬不用所谓洋画应用的颜色。我曾亲自听到一位以国画出名的洋画家说："国画的Charme就在赭石花青那些沉着的色彩与高雅纯正的墨色的调和。"好像一用了洋色就变成了庸俗肤浅似的，不成其为国画。这位先生或许因为他曾经多用了鲜丽的洋色，觉得换一个口味去从事国画纯简的色调，有一个新的意味，正如法国19世纪终期印象主义色与光的全盛时代而有尤金·卡里尔（Eugene Carriere，1849—1906）用灰漆同类色（Camaïeu）的画来特创一格。然而，有多少人，不愿去试用，就因为要保存国粹，不用洋货，因此中国画十余年来仍旧是仿效笔意，在抄袭临摹上用功夫，所谓石膏模型、静物、人体，仅仅在另一个独特的场合中，俨然为洋画家的独有物，而毫无影响于国画的沉昏局面。

在最近法国的中国画展览期中，颇有许多法国艺术家和批评家以为中国人应该画中国画之暗示。所以这次的出品除绢裱绫裱宣纸上的地道国粹画之外，其余凡有洋画倾向的东西，一概不收。他们以为中国人应该是拖大辫、缠小脚的半开化或全不开化的民族，穿了西装洋鞋就有点嫉妒似的，最好还是保持他们固有形式不事进化。

然而我们决不能够承认拖辫子、缠小脚、横卧在乌烟榻上的前世纪的死人为现代中国民族！我们不能倚老卖老地在过去的典型中埋葬新中国的灵魂！所以我们需要一个深切的了解，这里无所谓洋画与国画，无所谓新法与旧法。我们需要共同地展进我们新艺术的途径，一个合乎时代需求的中国新艺术的产生。

（二）从事于新艺术运动者过去的思想的错误

上面我是假定了我们先知先觉对于新艺术运动启发的初旨，搬进石膏模型、静物、人体、西洋的法则是为了要启发中国画家对于自然的冷漠（Indifférence）倾向的消失，更从自然的外表，从存在物的轮廓上去追求内部的生命，艺术家的人格；原是引渡中国颓废期的艺术到一个新的领域的桥梁。

然而我们的先进正在国内时行洋房、洋装、洋菜、洋戏、洋课本的际遇，提倡洋画运动。当时国画与洋画虽没有显明的口号，多少难免有一点敌对的意思，所以在中国绘画史的对面有近代西洋艺术思潮、西洋美术史，芥子园的对面有西洋画范本、近代泰西名画集，等等。不幸，这时候一般人对于洋货与国粹之间颇有新与旧、前进与落伍这一类错误的见解。于是，在美术学校学洋画的青年，抱着新的不落伍的志愿，在求知狂热之下，追随着戴黑绸大领带教授们的倡导，大唱其"一师姆"之说（"一师姆"是从 isme 而来——作者注）。从意大利文艺复兴的"画圣"米开朗基罗、达·芬奇，一直到法兰西印象主义的"画杰"塞尚、凡·高（印象主义以后的主义，当时还不多论及），多半是从日本间接搬过来的西洋艺术史料，本来已偏倾于空泛的论理，再加之教授们的演绎，其结果为了求真实的技巧而来的青年学子，经过三四年的光阴，获得的就是塞尚在巴黎美术学校的落第、凡·高在阿尔勒（Arles）割耳朵这一类的近代西洋画史。于是乎知道绘画不必遵从导师，艺术家应该带几分疯狂，歧视"官学派"，崇拜"天才"，好像只有塞尚才是画家的模范，凡·高才称得起"天才的艺术家"。聪明的人，早已离弃了"官学派"式的艺术教学，在自然对象之外，求"个性的表白"与"天才的成全"。可怜连塞尚、凡·高好的印刷品都不曾见过的，中国衰颓了的艺术场合中的青年，只能在几张看都看不清楚的近代画家作品油印片中找寻"画圣"的精神。于是，画静物必画塞尚的苹果，画花卉必画凡·高的向日葵。

比仿"某某山人"真迹的国画家更不真，现代中国洋画家是仿"某某画杰"的坏油印品；比仿"某某山人"的国画家更不诚实，现代中国洋画家仿"某某画杰"的油印品而署自己的名字，如是以抄袭为创造，拿别人的观察为自己的印象。所谓中国艺术的复兴运动如果寄托在这一类聪明的艺术家身上，那结果，也许不是中国艺术界的先知先觉所期望着的吧？

（三）中心能力的缺少

万里长城的建筑，虽是这般单调，然而因为集合了无数的人工与时间的代价，终于不失其伟大。中国新艺术运动，虽有国画、洋画的分途与从事艺术运动者过去思想的错误，但如能集中注意力，在一个比较集体的能力圈中去运动，至少像日本画坛一样，在国画与洋画两方面都会有显著的形态。然而，中国艺术家处于显然不同的两分野中，却没有显著的两个能力。

根本来看，自然要说到中国人利己的本心与嫉人的私意。为了要时新而创立新艺术，好像剪了辫子就算中华民国的国民一样，新艺术的名目既定，只要对着石膏像、静物、人体在工作的人就是新艺术家。而且新艺术家具备了"天才""个性"，只要他高兴，今天画古典主义达维（编者注：现通译为"大卫"）的画，明天画浪漫主义德拉克洛瓦的画，后天画印象主义莫奈、立方主义毕加索的画，而现实主义，而未来主义，而超写实主义，而达达主义、构成主义、表现主义，等等，各派的画法都可以。走新的路是大家所期望的，模仿新的画派也是新艺术家必然的趋势。不幸在中国枯寂的艺术社会中，没有观摩真迹的机会，没有探讨新艺术理论的场合。一个人凭一册翻译复印的画史画集，得到了片面的理解，于是就大声狂呼地说："现在我已得到某某主义的真髓，我觉得 X 主义优于 Y 主义，于是我已决意要抛弃昨日的我，而从事新主义的现实。"像这一类艺术家的努力，我相信是决不能有助于中国艺术改进而谋得中国社会的同情的。

因此，大众艺术，也在大众文学的呼声中呐喊出来。实际上，中国民众对于了解艺术的存望，不在那些过分变形的牛鬼蛇神，而在比较合理一点的中国人实际生活、思想的具体表现。已竟为抽象的中国文人画的山水草虫那般冷酷的小"雅情"所倦怠了的中国的灵魂，现在是需要一点有"人间性"的实际能力的创导。

我们的艺术家既已醉心于新兴的思潮，虽然在艺术大众的呼声中，却徘徊于 XY 两个主义游移的信心之间，继续他们超脱的、怪僻的、新艺术的复制。

不必说是空无所有的，就连这些从印刷品半抄来的新艺术的表壳，为了要使人折服，又不得不自己辩证，于是"某天才艺术家是马蒂斯的忠实信徒，所作极有马氏作风神致"这一类个人展览会的批评随处可见。

这样的个人研究、个人开展览会、个人批评、个人欢喜个人的主义、个人称誉个人的杰作，中国新艺术运动始终是没有中心思想、中心能力的，像一个没有机轴的游轮。

三 建设中国新艺术的步骤

没有比龚古尔（Edmond de Goncourt，1822—1896）那样更简单明了的艺术定义，他说："观察、感受、表现，是一切艺术的真诠。"到现在为止，中国近代绘画是在流畅、笔势、墨色方面求表现的快感，而缺少内容。一方面十余年来的中国"洋画"也只在新奇、怪诞方面做主义的迷信者而没有自我的表白。另一方面，实在说来，中国近代艺术家对于观察、感觉两方面都没有相当的修养，要表现，又因为缺少实在的技巧而不能够。于是以空卖空，造成现在中国缺少内容、无情无感、冷酷生硬的近代绘画形式。

照理，这几个年头，内忧外患，中国人民已到极苦痛、极凄凉的地步，被压逼着的中国民族，应该寄托艺术，作精神上的呼吁。不幸，我们的艺术家却依旧在花卉翎毛、静物风景中作个人的玩赏，自己假设自己的天国，以为比较广大一点的艺术家的观察是人类的精神，而不是民族的灵魂。

如是，国画家与洋画家取同样的步骤来离开社会，离开现实生活，孤独地在另一条荒芜的歧路上，而且免不掉相互争斗与攻击。

我以为是应该回头的时候了！不要在表现的不同方法上争是非，不要在现实生活之外求题材，像龚古尔所说的一样，我们应该用自己的眼光来观察，用自己的心灵来感受，等到我们已捉住固定的对象、自己所要表现的内容之后，再慢慢地求笔意、墨色、一切新奇怪诞的"一师姆""二师姆"。

苏俄在革命过程中，为了主义的宣传，为了整个政治运动的推进，曾一度流行新的构成主义、无上主义等，作为革除旧有形式的破灭动作。然而不多久，在十月革命16周年纪念的今日，已深深觉得这一类没有实际意味的新的主义的理论，决不能深入社会人间，终于采取学院派中比较可以取法的形式，加上实际需要而造成他们自己的格调（见拙译《苏俄画坛近况》）。

只有中国新艺术运动，20年来与中国政治一样，在动荡的局面中（被）摆布，而不曾找到自己的灵魂。这过渡的紊乱时日已使我们厌倦、困乏，睡了一般沉昏着的时日也是太悠久了。我们觉得，像许多人高唱着中国艺术复兴运动的口号，是应该要设法去实现。

然而在中国这般紊乱的社会，一切都需要复兴似的，大家在十字路口呐喊着的战略已是行不通了。要实现艺术复兴，或是文艺复兴，必得冷冷静静地筹思事实上能够实现的步骤。

（一）确定艺术运动的分野

一直到现在为止，所谓艺术运动，实际上仿佛就是绘画运动。其他时间或空间的包括在同一个场合中的艺术，虽然也在一个新的形式中演进，却始终没有加入这个嚣杂的"艺术运动"的纠纷中。这里所谓确定艺术运动的分野，是要明明白白地指出，除掉绘画之外，还有戏剧、建筑、雕刻、音乐、图案、电影、舞蹈、照相等。在近代艺术运动中占重要地位的艺术的分野，是应该共同来参加这个革命的集团。

因为如中国近代绘画一样，其他一切艺术的形式，也只是在模仿、假冒中求中西合璧那一类形式的呈现。

文明戏盛行了一时之后，是"哈姆雷特"那类翻译的或原文的洋戏扮演，接着就是所谓普罗的戏剧，那些仍旧免不掉翻译意味的对工人生活抽象的描写。结果是"狸猫"依然在"换太子"，"天女"依然在"散花"，中国戏剧很少有改进的痕迹。

建筑方面，营造厂的打样师，把中国大观园式的亭台楼榭，改为洋式楼屋，又参照租界上洋人的洋房而仿造中国人的洋房，可怜从来只在精神上求食饱、衣暖、居安的中国人，如今为洋房的洋设备所诱惑，在自来水、煤气、热水管的天堂一般安逸的近代生活形式之下，惊叹、爱戴之不暇，有谁来注意所谓建筑的形式与民族精神的表现呢？

雕刻方面，还是从国民政府起，才知道雕总理的铜像，当时花了多少钱、费了多少时间漂洋过海地从外国去定制了中山陵墓的总理遗像，于是乎才有人想到雕刻的用场。这时候，虽然前前后后已有许多知道西洋雕刻的人才学习回来，大家还是静止在教学的生活中，新的启发还是非常迟缓。

只有图案，也许因为与工业有直接关系的缘故，近年呐喊的声浪是非常显著的。然而脱离了卍字、寿字、八卦、太极的中国唯一的图案艺术方式的近代中国图案艺术家，显然有了两个抄袭倾向：

东洋式——最显著的还是在中国丝织物方面。因为当时中国拉花机的采用，是从日本间接运输过来，所以一切属于拉花机的纹织物的图案，也是从日本图案师那里如数搬过来的。受这种日本织物图的影响，于是画面图案、广告等一切平面图案差不多全然是东洋式的抄袭。

西洋式——也许受了租界洋旅馆的洋屋装饰的引诱，中国木器图案已完全是洋式化了。去了八仙桌而为圆面桌，去了木床而为铜床、铁床。当初是直接购用洋货，如今大半已由中国木匠仿制。此外搪瓷、洋瓷、玻璃制品等一切关于立体图案的东西似乎全是西洋式的抄袭。

电影虽然名目为中国货，实际上关于材料、技巧上的事情全然由好莱坞或其他洋人制作。内容，当初完全是大戏，或文明戏的搬场，其后因为卡尔登这一类洋影戏院、洋影戏的影响，中国电影的进化不过是多亲几个嘴，多握几次手。最近在巴黎报上读到一个新由中国回法的人，做了一篇中国电影的文章，其中有一段说："过去十余年来的中国电影，与中国人生活离隔太远。一种西洋坏习惯的模仿更减低了它自己的价值。"

还是在中国照相方面或许可以说有一点进步。然而不幸，有两种与中国绘画一样的倾向：

第一，像中国绘画一样，过分在轻巧的自然片断间找雅情（Pittoresque）的题材。

第二，像中国"新派画"一样，在主义上找题材，而没有把中国人的生活、那时代需要的剧幕表现出来。

舞蹈方面，只在全洋式的舞场中，用洋音乐，吃洋酒，当然跳不出中国的舞。

将上面几样称为比较重要的近代中国艺术的现状检讨一回之后，我们明白，中国艺术的诸形式，除抄袭模仿之外，可以说空无所有。再没有像生存在中国人群中那样不调和、无节奏的地方了。在国外，幻想着国内小姐、太太们着大柳条的像花斑马一样的时装，抱了穿洋装的对手，在洋鼓洋乐的跳舞厅中跳舞时的景况……

中国人缺少"趣味"（Goût）到了这个可怜的样子。从事于艺术运动的人，应该在各分野中，确定自己的能力，做向前一步的总动员！

（二）确定艺术运动的动向

如上面所述，近代中国艺术的诸形式在外国货销行的几个大都市中，直接受了西欧各种输入品的影响，显然有了初期变动。然而因为没有步骤，没有方向，一切都很少进展。我们虽然不需要像某种政治主义的实现那般，要有预定的策划，机械一般地去推进，但在中国这样纷乱的社会，艺术落后的民族中，是需要一个急进的动向。

1. 集中能力

不要以为艺术是游戏，艺术是人类个性天才的表现，而傲然不群的是一个人去努力。实际上，经过 20 年的教训，我们应该省悟这种个人主义行为的不当。因为自己觉得是天才，于是认为一切自己之外的人都是笨汉，笨汉做的事当然是不对的，所以也不必去看他、听他。其结果，一切艺术上的实际问题不讨论也不研究，你说你的，我说我的，凭着个人有限的见解来辩证个人所有的疑难。艺术家自身既空洞浅薄，艺术作品哪能不抄袭浮淡？

所以第一步任务，我们应该看得大一点，看得远一点。虽然不想像墨索里尼那般想以法西斯主义的罗马艺术（L'art Romain）来统率国际艺术，但我们中国人至少要在被西洋艺术侵占了的中国艺坛上放出一点中国人的气味来。如果能以中国国际艺术地位的衰落着眼，我们就能明白中国艺术天才的对手应该是外国人而不是中国人。

加之如今中国国运衰落，同胞尽在飞机、车床、电动机、毒瓦斯那里求救国方法的盛势中，被目为好闲阶级的艺术家更不能不有统一的阵线，在艺术能力团中找寻与飞机同样有力的中国民族精神的救助方法。

少不得一个有力量的艺术集团的中心组织，从事于各种艺术形式的诸同路人，就是这个组织的分子。无论绘画、建筑、雕刻、图案、戏剧、电影、摄影、舞蹈等艺术的分野，都应该被统率在一个大规模的中心组织之下，使各艺术分子都有相当的关系与认识。

2. 各分野的总动员

根据苏格拉底的"美即是应用"说，在 20 世纪功利主义的超级时代，一切艺术的形式都趋向实际应用方面发展。艺术家在这个时候能替人类效劳的就是社会整个形式的改善，不要使机械侵占着的近世生活太在物质方面粗丑化了。在欧洲，虽然艺术各分野都是同一个水平线造成 20 世纪格调的艺术空气，然而尚有人以为，各艺术形式的进展不在同一个步骤上，而在有建筑、雕刻、绘画、图案共同合作一个理想的艺术集体的现实。

中国艺术，在离这个环境还是很远的今朝，虽然不希望艺术各分野有完全相共的步骤，但是至少也得有一看得出的移动方向，我们需要绘画、建筑、雕刻、图案等在同一个出发点努力。

也用不着争辩大众艺术或个人艺术的理论，实际上，如果在艺术领域中的能力不是偏向一方面发展，艺术就如日光一样能"普照众生"而没有大众与个人的分别。然而回首过去的世纪中，艺术与养在玻璃房中的花朵一样变成金贵罕有的宝贝。好像只有绘画、建筑、雕刻才是造型艺术的内容，所谓应用艺术，虽是早就存于人间，但被目为不足重轻的歧路，自来听其长成变化。在欧洲，一直到 20 世纪中叶才有正式应用艺术的研究。法国的中央应用工艺美术联合会始创在 1863 年，一直到 19 年之后才有中央装饰艺术联合会（Union Centrale des Arts Décoratifs），于是有装饰艺术展览会及装饰艺术学校。到如今，装饰艺术已完全夺取了整个的艺术，在现代生活的核心比纯绘画、雕刻更重要似的，甚至将近代绘画、雕刻的独立性消失，你看近代艺术史中有多少画家、雕刻家去找寻装饰趣味的作风！

中国人素来以装饰艺术是木匠、铁匠、瓷器匠、裁缝匠等等的必然手艺，自己既不是木匠，又不是铁匠，当然没有顾虑到木器铁器式样的必要。因为是献奉皇上的东西，所以皇宫里的画栋雕梁，只求其细工精制，不管调和不调和、好看不好看。所以中国装饰艺术，只见到功夫的细碎，而没有装饰的本意。

此后，我们应该以装饰艺术为合场，以绘画、建筑、雕刻等为分野，同时动员，来创造中国艺术的整个形式。

（三）确定中国艺术的形式

艺术有显然的国际性，地方气候、风俗生活情形之不同，至少表现形式上有不能免的异端。譬如说，法国与波斯（伊朗）、中国与意大利、南欧与北欧，极不可能产生相同的艺术形式，因为无论如何，一个表现民族精神、时代生活的艺术具体的形式，不能脱离时代、脱离民族精神而创造另一个不相关系的异态。

中国人在闭关时代，关上了门，终于静静、慢慢地造成中国人4000年来文化的形式。自从西洋文明东渐之后，在列强侵略之下的中国半殖民地的民族，自己对自己的信仰全般地消失，觉得一切中国的或是属于中国的东西可以随便弃毁，甚至连黄面孔、黑头发、自己的脑袋都要毁灭似的，凡是西洋的东西都应该拿来应用、赞美。因此中国艺术，自从新艺术运动有史以后，就在洋货、洋画的盛行中宣告破产。破产本不一定是坏的现象，如此在破产之后有新的产生。不幸，中国艺术如前几章所述，在破灭之后，只有抄袭而无创造，只有临摹而无启示。

1. 临摹与启示

在如今外货充斥的中国社会，在租界地位占有无上权威的大都市中，对于西洋艺术（这里当然包括一切装饰、建筑等艺术）这样诱人的表形，完全视为夷狄一样，连看都不去看一眼的国粹保存家之类的企望也是不可能的。因为交通的方便，全世界的生活形式正在如西装衣服那般有"一体化"的趋势。然而这所谓"一体化"，并不是因洋人拿手杖而一切拿了手杖的中国人就算"中国洋人"那样的解释。我们在要变为"中国洋人"拿起手杖之前应该想一想：这一根手杖在我们穿了纺绸长衫、缎面皮底鞋的人的手中是不是相配，在我们素来没有训练、没有节律的闲散的步趋中是否相配，与我们两只手惯于栖宿在袖口中的人是否相配等诸问题。

中国新艺术的建设，决不需要那一类拿杖的"中国人"的洋画的抄袭，而希望中国人能在西洋艺术独特的形式中，得到艺术技巧与艺术理论的新启示。自然，在这里最重要的还是个人的主观，一个有真率性的艺人在生存的时际，得到宇宙间大自然的启示之后而创造。西洋艺术的影响，不但没有如国粹保存家所顾虑的有所伤中国艺术的作用，反而正是产生中国新艺术的唯一的启示。

2. 新艺术形式的创造

所谓新艺术形式的创造，就是现代中国人的灵魂在艺术上的显现，不是洋画的抄袭，不是国画的保存，也不是中西画的合璧。只要能够表示民族性，只要能够表示时代精神、艺术家个人的风格，不论采取洋法或国法都还是中国新艺术的形式。文艺复兴时意大利有达·芬奇与米开朗基罗，弗拉芒（Flamande）有扬·凡·艾克（Jan Van Eyck）及胡伯特·凡·艾克（Hubert van Eyck），荷兰有克卢埃（F. Clouet），法国有富盖（J. Fouquet），德国有阿尔布雷特·丢勒（Albrecht Dürer）。这许多杰出的伟人都用同样方法来表示各国的特有风格，并不是因中国人画中国画或中国人不画中国画而作品的价值就此改变。所以要创造中国新艺术的形式不能太在表现方法上顾虑，而要艺术家个人本能特性的显示。我以为中国艺术家具有中国人的脑袋、中国人的思想、中国人的习俗风尚，所谓个人本能的特性应该就是中国全民族的特性。

四　几个亟待实现的企图

我们如果承认艺术是精神文化形态的具体表现，我们如果相信现世文化除枪炮、机械之外还有人类精神上的重要成分，我们如果希望中国民族在免于灭亡之外还要图自强，中国艺术家既不必对自己负着的责任起了怀疑，更不必说那些非艺术不能救中国的空话。事实在眼前，去做才是最好的凭证。然而个人展览会、个人学校、个人博物馆，那些像中国古董先生拿了珠宝、玉石在沙袋中摩擦，终日受"日月之精华"的呆做法已不能再来应用。我们需要大众的能力与固定的方向来做一个集体的运动。

目前希望实现的：

（一）全国艺术家联合会之组织

不必讳言，中国新艺术运动给我们的印象就是几个新艺术家互相仇视谩骂的内容。不管谩骂的动机在哪里，理由在哪边，处于中国藐视艺术存在的社会环境中，这种不幸的现象只能增进他方的轻视与人格的丧失，艺术运动的前进受了极大的影响。

我们知道历史上达·芬奇与米开朗基罗，安格尔与德拉克洛瓦，也有过不相两立的争斗事迹，然而我们也明白19世纪印象派以后各派画家的共同合作精神。艺术家的个性尽可以在自己的作品中表现，何必一定要在意气上争斗？

过去失败的事实正好给我们一个教训，觉得此后应该相互在艺术实际问题上讨论，所以全国艺术家联合会的广大组织是刻不容缓地要实现起来。像苏联一样，自1932年中央党部禁止互相仇视的艺术小团体组织的议案实行之后，一切从前互相仇视的各集团的领袖终于在苏维埃绘画雕刻家联合会中共同合作，一两年来得到显著的效果。我相信中国艺术家如果能在一个集团中合作，也同样可得到意外的进展。

（二）全国美术展览会之组织

好像几年前早已有过全国美术展览会之组织，然而在全国艺术家没有联合之前，全国美术展览会是不会完全的。绝了缘的艺术家，东一个"个人展览会"，西一个"个人展览会"，这样在中国黑暗社会中，似流星一般的火光是无济于事的。我们需要一个包括建筑、图案、雕刻、绘画等各部具备的大规程的全国美术展览会，这个就是中国艺术家联合会的有机体，规定了开会时期，每年一次地继续举行。

在这整个展览会中，我们可以找得各艺术家的努力与每年艺术形式发展的步趋，给中国社会一个认识艺术创作的机会，减少民众对于艺术的误解与漠视。

（三）中国国立美术博物馆之设立

一直到现在为止，中国还没有一个有系统组织的美术博物馆。不必说中国过去艺术品都在"家藏秘室"的收藏家手中"待善价而沽之于东西洋人"，这种现象对于中国的损失，不仅是"国宝外扬"的问题，而且是更严重的中国艺术的存亡问题。只有在外国美术馆中，才能见到中国各时代艺术演进的程序及其变化；只有从外国文的翻译中，才能说明中国美术历史上的价值。史特林（Charles Sterling）在法国《艺术》月刊发表过一篇《欧洲文艺复兴时的风景画与中国风景画的比照》，其中将欧洲 15 世纪文艺复兴时期大画家的风景画与中国宋、元、明诸大画家风景画同时并立地对照，构图、线描方面都有极近似的共同点。这可以证明，中国画在当时确是站在世界艺术运动的前线，而现在，可怜中国人假了革命的命名，说是昨日的、旧的一概都在被抛弃之列，又重新假借了什么第三国际、第四国际的普罗艺术在那里动荡。

如此，没有过去的观照，没有现在的对比，决不会产生将来的果实，所以中国国立美术博物馆的设立是目前最大的一个企图。在这个博物馆中我们将有：

1. 关于古代的

除绘画、雕刻之外，其他关于应用美术的如瓷器、木器、珠饰、衣装各种日用品的征集，作一个有系统的展览。

2. 关于近代的

从国外各个大规模艺术展览会出品中选购精美的制作，将近年艺术运动不同的形式作一个有系统的表示，在那里，我们应该要认识过去的是非与将来的借鉴。

事情似乎是简单，一个国立美术博物馆的设立只要有经济，总可以逐年充实起来的，然而在中国，最近故宫博物院那一幕话剧，那些穷凶极恶的显官贵籍的行为，又使我们不敢有很多的存望。也许还要艺术家同志与热心的收藏家来自动地组织起来罢！

编者注：原载《艺风》1934年第2卷第8期。

意大利未来派中的天空画家

事情似乎有点难以解释似的，人以为艺术家是一个无人无我、无国无家的痴汉，时代上最不中用的东西。却有希特勒这个投美术学校不取、一个明信片画家来向导时代，领率普鲁士全民向欧洲不定的政潮挑战。

就是意大利的法西斯，据说也还是未来主义艺术运动所创造的。因此，这许多已封为"官有的未来派艺术家"，乘着他们过去的胜利，无所顾忌地向永恒的未来与政治运动一样呐喊着"前动"的口号。

马里纳蒂在最近意大利未来派画家展览会中对我们说：

未来派画家的努力是要离弃了大地的，待换我们的视线在天际；不画那些静止的东西，而要追求那"永恒在优雅与调和中"的动作……

因此，如今意大利有多少天空中的画家，他们在几千米的高度中追寻一条像细线一样的溪流、平镜一般的湖池，山岳变为丘壑，自然已不是我们眼瞳中那般的精巧、奇妙、具有周细的幻象，似乎已丧失了宇宙间固有的真相。

在这一类天空画家队伍里，戴多是一个著名的前卫。变化极多地应用他鲜明而直接的色彩，有时候画一个飞机的螺线，或是一条生着狗头的鱼沉没于东方的海底。他的一张《向罗马去》（的画）被国家买了去挂在西其宫。

陶到利亦是一个专画天空绘画的画家，他常常表现在极其高度的空际间所见到的地面变了形的离细的东西，有时用大块的星光来表示黑夜晴空的天象，然而总是过分的色粉化往往不能表现宇宙的伟大与庄严。

恩白奥西的天空风景画，不过加了几只飞机，在风景方面与古代意大利的风景没有多大的差异。

总之，现代的人类是生存在科学全盛的空气中，自然已失却了固有的色相，一切出了轨，变了形，不是前世纪人所能够幻想得出的东西，如今也就是艺术家的新题材了。

1934年1月于巴黎

编者注：原载《艺风》1934年第2卷第8期。

现代绘画上的题材问题

　　弗罗贝尔（福楼拜）在他的杰作《沙浪布》（《萨朗波》）（Salammbô）完毕之后，与友人通讯中说："我所觉得美的就是我所要做的，这是一册不涉及任何东西的书，一册不与外表接触，仅以它坚强的风格（Style）的力如地球的一无执着而静止于太空一样地自己支持着的书。"

　　弗罗贝尔的这几句话，使我们明了，所谓真正的艺术品不在外形的逼真，而在内容的充实。所谓题材，不过是限制思想的一个具体的形式。庸凡的艺术家有了好题材亦不知表现，反之，大家以为普通的无甚意趣的题材，对于一个卓绝的诗人或艺术家倒可以发觉许多动人的超脱的创作。

　　安特·方戴纳（Andrei Fontaine）在他的艺术批评原理及

其方法上有一段这样说:"所谓个性的表白并不是自我的肯定,而是从一个超脱的人在某一细微的事物上意念出来的有趣的景况。因此,所谓个性,是作者活化(Vivifiant)事物的自己的意念。"有了个性,有了自己的意念,然后敏锐地观察宇宙间的事物,那细微的刺激、寻常的变故,正是艺术家极好的题材。

现代绘画是现代生活的观照。生活在科学发达、物质充实的环境中,一朵花的蓓蕾,一个海的波涛,禽兽调节的动作,姑娘们的轻笑,壮汉的疾视,披了天鹅一般的鲜果的色泽,一个在赤裸着的肌体中所看见的血的流动、肋的弛张,等等,我们热望左右我们的意志,在上述的事物中渗进我们的灵魂,作为题材——这或许就是现代的狂热吧!

这些题材与前时宗教、政治、战争的内容虽不同,但表现的却是更真切、更入情。

现代人对于肉欲的热情以及生命的爱好,无疑地引导近代绘画迟疑在技巧上反动的岔口,然而这个反动不过是一个外表的形式。实际上近代绘画是追溯传统、吸取艺术的活的源泉,生活在自然与个人的思想之间,决不会再归到学院主义的了。这里的近代艺术家是要表现从自我或在眼帘间所见到的、世界之前的人类智慧中所产生的情绪(Emotions)。

因为热爱生活，所以近代艺术要使人类爱好近代生活，对于那些定型的题材没有一点点实际的需要。

当然，我们也未始不可说，有了题材，我们可以格外显然地表现时代的真相。然而一个题材，应该使人忘怀，应该脱却了这个虚伪的套袍，应该是在整个画面上线与块（Masse）的调和，在色与色之间重量的调节，在艺术家的概念与个性、眼光、手法，尤其是他的灵魂等一切一切之后的小问题。

一个不可言说的温柔，当我们感觉到艺术家本身的灵魂在触动我们的灵魂，本身的感兴在刺激我们的感兴，两个思想正在相互同化了的瞬间，才是艺术上超级的神化的时际。然而像这一类心灵间的交通，极不是仅仅由"题材"而来的——只是绘画的本身，那遮蔽着颜色的画的表现，如王尔德（Wilde）所说：这个表面，以真实的纯化即所谓体式（Style）来感应我们，以绘画上的线描科学即所谓光暗的比照，以及线描上的阿拉伯风格（Arabesque）、色彩上的艳丽等等，来感应我们。因为只有这些才能颤动那崇高与渺远的我们灵魂上的音乐琴弦。假如调格是情感上的某一种东西的时候，那么，只有色彩真正是万物间唯一神秘的东西。

1934年2月于法国巴黎

编者注：原载《艺风》1934年第2卷第8期。

真与美及其现实

很久以前，我们那些被称为进化了的人类，是生活在虚伪欺诈的一个不透明的世界上。

像摄影一般，人是安坐在预备开启的镜箱前，等候摄影师的吩咐，左一点，右一点，微笑或是沉思，勉勉强强做成一个姿势，一二三开关一捏，照相就成功了。我们承认这是一个近世的发明，也可以说是伪的影像的暴露，因为我们个人的动作、色相，甚而至于思潮幻象，可怜地为习惯、礼节——那照相镜头一般的东西限制着，实际上我们时时刻刻是做作，是欺伪，早已没有自由动弹的可能了。

假如在门缝中窥探内部的动作，假如在黑暗中窃听别人的谈话，对于人生的阴面去体察一会之后，你就会明了介乎暴露与隐藏之间，人类是用两种不同的色相来应付。

由于习惯了，由于每一个人都是如此习惯了的缘故，自己就仿佛极其自然地在做正经的勾当，是从来也不会发生问题的。我相信，如果世界上有一个不会使人看见的电影，陆续地将人生不知不觉间的动作、言音摄取下来，而在本人眼前表现的时候，我们将非常惊异地觉得由这个从来不会实现过的奇像而对于以前所谓写实主义的解释起了根本的疑问，甚而至于"真"与"美"也仿佛是要重新检讨一会似的有了不定的动摇。

这是在摄像机前面，人的生活片段或是整个地在银幕上扩大了映射的时候：比实物大了一百倍的一双眼睛，一张嘴在动作的时候，就好像显微镜中窥见了肉眼所见不到的微生物的形象一样，分外要感动似的，在这个时候镜像已发现一个新的真实。

艺术的本体是真是美是善，那不可破裂的三位一体的整个，是古希腊时代已经顾虑到的大问题。假如，在现代的生活形式上对于"真"的实在没有了疑问的时候，我们应该有一个新的追求——那真实的"真"的实现。

但是，事实上，这个大家所渴望着的"真"的面目又似乎是非常可怕的，被那个为宗教所浸染了的社会的动力掩埋着，不使它显露出来。于是拟造出礼节，由所谓装饰的生活来限制"真"的发展与暴露。

因为我们希望在外表上看出一个被包裹着的内容的究竟，所以一条"真"的裤子就不应该有宽大的褶纹。然而每一个人都愿意在裤子上有两条明显的纹路来掩饰内藏的真实。

而且，真实又是如此不易辨别。二加二等于四，好像非常真实的样子，然而实际却是一个极抽象的答案。人生就在"四"的左右转圈子，却从来没有到过满足的数目。五毛钱总只有四角九分九，你看哪一个店家敢十足地标出五毛钱？应该放红色的地方，人家就放着玫瑰色；应该换色调 Ton 的地方，人家只换了 Nuance，越是文明、越是上流阶级的人，反抗真的意志亦愈坚决。我们是需要一个彻底革命才能实现我们新的真实。

在生活比较简单、做作工夫少一点的民间，当他们在玩笑或恶斗的际遇倒还显得出真实的心情。在人丛间发出来的骂声，如同晴天霹雳说到就到，一点没有回思或做作，当那个人突出了眼睛支起了耳朵的时候，真实是非常新鲜地嚷出来。然而我应该不顾到教学的丧失把真实显现出来：一切戏剧、电影、艺术、科学不应在真实的周围，而应该浸在里面，片刻之后拿出一块带血的不太熟的烤肉，让我们尝尝新鲜的味道——"真"的究竟。

被冷酷的科学笼罩着的客观的感情，却是向这般新鲜、不太熟的真实走去。这是一个非常勇敢的冲锋，包围着许多伟人，因为他们需要极度的勇敢。近于成功的感动人的动作，不能同时去求将来祸患的解决。

"真"的牺牲者是在疯人及牢狱中。30 年前法国著名的无政府主义者拉瓦绍尔因厌恶社会的欺诈和矫伪而炸毁了火药库。

各民族都有各民族的过烈分子，如果在"真"与"美"之间玩弄着鬼把戏，那世界愈弄愈危险了！应该创设一个内部分为忠实及诚恳所观照着的集团，定出一个最新的法律，一切欺诈谎言均处死刑，废除一切为恶的金钱与银行之类的组织。学习去观察一切事物的本能，美或是丑，没有一点装饰的幕纱。这像是不可能实现的提议，而事实上却并不是做不到的。

我们是生活在一个锦绣的世界上，然而有多少人知道观察与了解！为什么要遮盖、包扎、省略与丧失了这一切事实？

1934年2月10日于巴黎

编者注：原载《艺风》1934年第2卷第8期。

中国留法艺术学会成立经过

记得还是在 1932 年的圣诞节假期中，感得异乡的境况怪使人无聊似的，于是由斯百、开渠发起了新年聚餐会的动议。

那时候我们有四五个人都共同在拔地南路 16 号居住，因为这里是预备为画家或雕刻家的工作室，远离着布尔乔亚生活方式的另一个世界中，自然没有一切外国礼教习俗的拘束，可以自由自在地作乐行庆，所以当时就决定在我们 Atelier（工作室）中举行。

这个新年聚餐会被邀请的人原是就我们认识的朋友中任意介绍。结果签名加入的有 18 人：建筑虞炳烈、提琴虞夫人、雕刻刘开渠、曾竹韶、王临乙、程鸿寿、李韵笙女士、陈芝秀女士、油画吕斯百、唐一禾、陈策云、马霁玉女士、张贤范女士、常书鸿、陆傅纹女士、周圭等，都是从事于艺术的人。当时，在极端 intime（亲密的）喜乐的一个通宵欢聚之后，觉得需要一个更紧密的、更纯洁的艺术团体组织。

恰巧在这个时候，有同学郭应麟离法归国的消息。郭君为同学中成绩最好的一个人，加之和蔼可亲的善良态度，给我们留下了不少好的印象，在这个他归去的时候，大家似乎需要一种同情的表示。一方面，我们希望能够在郭君归国之前，见到艺术会的雏形（因为他也是竭力主张的一个），所以就在 1 月 14 日召集艺术同志，在欢送郭君的集会中，公开提出我们最近的企图。当时刘开渠、秦善钧、郭应麟、郑可等都有极恳切的讨论，大家以为应该保持我们共同合作的实际，而不需要虚空的名目。当时我们实际的联合已有了最充分的表征，而并没有急急乎找寻一般人在专注的集团名目。

从 2 月 5 日一直到 3 月 5 日，其中经过三次无名集会：我们自由地评论艺术界的现状、艺术上的问题，觉得精神上获得极深刻的安慰，然而为了要稳固我们的基础，发展我们对外的事业起见，我们似乎需要一个恰当的组织。所以在 3 月 5 日开会时由郑可、常书鸿提议，为本会确定一个名目。

当时拟定了四个名称：
1. 中国留法艺术学会；
2. 中国留法艺术研究会；

3. 中国留法艺术同学会；

4. Seine 社或会。

至于草章，决定在下次集会时提出讨论。

终于在 4 月 2 日大会中决定本会名称为"中国留法艺术学会"。同日通过本会简章，选出第一届委员。本会正式成立。

从去岁 4 月 2 日到今年 4 月 2 日一个整年中，我们是非常惭愧的，没有做出我们所希望做的事。

原是计算着在 1933 年 10 月间在巴黎举行一次会员出品展览会，终由于会员出品未曾成熟，在质在量两方面都似乎没有在世界艺坛中心的巴黎举行展览会的必要而不曾举行，虽然同学之中多半已先后参加各沙龙出品，而有相当的成绩。

其次是本会 Atelier 的企图，当初也有许多同学期望着能够共同出资创设一个本会会员公共 Atelier。除由同学共同出资雇用模特儿外，其余由同学义务 Poser，轮流分值。但是因为经济的限制、同学们在异乡的窘迫，决不容我们有实现的可能。

第三是本会会员作品印行事件。原是希望本会会员都能一次共同加入。结果因个人经济问题，只出版了第 1 集共 11 张，不过是四个会员的作品。我们希望今年或能出版第 2 集，多加入会员的代表作。

第四是借用《艺风》出版本会专刊事。原定的撰稿人，本来较今日出版的为多。可是因为时间的问题，或会员准备归国仓促间不能如期交卷，结果殊不是我所希望的那般圆满。这里希望《艺风》编辑先生及阅者原谅。

总之，过去一年中，我们承认我们已经留下了不少遗憾，希望在这个新的年头中能实现如我所期望的。但在一年来我们16次聚会中，徐徐地感觉我们互相了解、互相研究的态度，已足够为我们同学将来的事业乐观。

我们更希望回国的同学不要忘记我们未完成的工作。

编者注：原载《艺风》1934年第2卷第8期。

法国近代装饰艺术运动概况——1800 至 1934 年法国装饰艺术之演进

前言

为洋货充塞了的中国工艺市场，在机械模仿的追求中，本无暇顾虑到出品的美丑及表征时代国民性的装饰艺术的形与色诸问题。然而，一方面却感觉到中国大都市中民众的需求紧紧地在步着欧洲大都市绅士们的后尘，一方面又感觉到无不从近代新的生活方式方面发展。这一种显然的倾向，原是根基着中国民族的爱美性，自然地暴露，决不仅仅是爱国志士们的布衣政策或抵制外货诸消极方策所能收效的。我们所觉得痛心的是，当今危殆的国运不容许我们民族爱美性的实现。然而，仅仅一点对于中国工艺美术改进的希冀是应该有的。

在国外，眼见欧洲人士对于生活美化的实现，衣、食、住、行各方面调和地装饰；回想到国内同胞，那困死在半开化的穷乡僻壤间的生存形式，与物质生活一样重要的精神方面的享受，我们似乎应该尽力使它在可能范围中实现。最近，感觉到国内对于这方面的努力，确实是一个可喜的现象，然而没有整个的组织与一统的计划是非常困难的。所以做了这篇文章，希望从此努力于装饰艺术的同志能在最近的将来有一个中心组织来统率我们的动力。

装饰艺术的定义

所谓装饰艺术，是近世新创的名词，就是以美为用的实际表现。

真正讲来，一切造型艺术都具有装饰的实质。历史上各种伟大艺术作品如教堂、寺院等，其间需木匠、金银工匠、玻璃匠与画家、雕刻家、建筑家在同样工作情形中去完成整个艺术品。此外有多少日用工艺制作与创造，常人不以为是艺术的成器，实际上却没有一件不是装饰艺术。

总之，一切在相当范围中非常确切地适于某一个物件的定型与合度而制作的具有美的成分且是点缀人生的作品，就是装饰艺术的作品。这一类作品在风俗人情与时代思潮的影响之下，不知不觉地呈现一个共同的形迹，（从）而产生了风格。

19 世纪法国装饰艺术的变迁

19 世纪第一个周期（1800—1825），法国装饰艺术持续地在它自己独特的风格中呈现着异常的生气。当时流行在各艺术中的节律，与那已成形的统一的倾向掩护着艺术运动整个的进展。加之当时社会对于艺术品的重视，更鼓励大众努力而使期待着的倾向积极地实现。此外工匠与艺术家密切的组合，（是）使美的技术传习明确地表白着的重要条件。然而这个法国装饰艺术全盛时期并没有保持他久常的荣华。一个突如其来的新的外力，终于使法国装饰艺术倾倒在另一个上。

是在 1825 年之后，浸受浪漫主义的影响，艺术家——包括画家与雕刻家——显然表白他们对于一切不是纯艺术的深切的无价值，而创言艺术上的个人主义。当时绅士阶级的社会，被突如其来的科学进步所纷扰，在不习惯的新的生活形式中，无所适从地不知取舍。其他方面，旧的技巧在保持不传秘诀的老工匠死后逐渐失传的时候，受了新发明的机械创作的一个重大打击，于是乎减省人工，在机器动轴的辗转之下，把技匠的生命完完全全地毁灭。

从此一切含有个性的艺术制作，就完完全全交给机械的动轴。所谓唯一的工业制品，在这个时候，除从过去的形式中抄袭与演绎之外已失却他创造的能力。

正当这个坏的际遇，那些浅薄的法国机械制品在 1851 年伦敦万国展览会中显露他平凡的成绩：当时英国的独创精神，比利时的巧妙，德国的沉着与坚毅，美国的大胆，都在法国出品之上。

受了邻国逼迫，从来也没有过的法国装饰艺术的颓废状态给法国人一个极大的打击。怀抱着复兴法国装饰艺术的决心，于是1863 年创设中央应用工艺美术联合会，来保持为在应用中实现美的企图的艺术发展。到 1882 年，该会又与发起装饰艺术博物馆的基本会并合而为中央装饰艺术联合会。幸而博物馆、图书馆、展览会存在，该会不断地努力，逐渐在纯正模式的引观中刷清鉴赏趣味，同时，1765 年创设的图书学校旧址，由罗佛里·特·拉玉娄在 1877 年改创为装饰艺术学校。该校初创的时候虽是偏于伦理（在实习方面限于校址的狭隘，没有极充分的设备），但是有用的教学，加之与几个国立、市立工厂及与 1889 年创设的美术工艺奖励会合作，终于使工艺制品的出产在质与形的方面有了极显著的改良成效。

1900 年"摩登式"的谬误

这些新装饰艺术的创造者是真正的艺术家，一点也不顾到旁的问题的纯粹艺术家。他们专门为艺术家或是艺术团体工作，所以免不掉围困当时艺术与文学的核心。

还是当时的建筑家、雕刻家与画家，在 1890 年找到一个能够代表 19 世纪终期的独特风格。但是一向与之隔离了技术的必需、为意想所驱使的、这些新风格的创造者，在某种原料上工作，而不知原料的性格与来源，往往是一件物品因不知其能力而不能实际应用。

领率它们唯一的向导，就是要免了"已经见过的形式"复现的简单定律。不必说，在当时写实主义、印象主义、后期拉斐尔主义、日本主义等潮流中，一切装饰艺术的制品在花卉的模型中直接或是变化地实现着上列诸主义的风格。这种倾向的导引，往往使装饰图形散乱而不集中，或是繁复的图案线条不能与枯乏的材料相吻合。

这个时候的法国装饰艺术，在日用家具、摆设建筑上已显然可以分辨出一个新体式——所谓"摩登式"的产生，然而为了装饰而装饰，专在奇特、别致方面追求的信念，使这个"摩登式"的装饰艺术与实际生活脱离了关系，而没有继续成长的可能。

1900 年法国博览会中的出品，终于给"摩登式"一个极大的打击。在这整个博览会的呈现中，显然地要他们自己明白过去的错误，从此，不能再"为装饰而装饰"和在时代需求之外去追求奇特、空泛的形式。

实际上，完全要摒弃旧有的形式，蔑视前时代创作者的努力也是很没有理由的事情，因为只有在前时代的作品中才可以知道代表时代的装饰艺术的必要条件与实际的可能性，从而启发我们创作的精神。

认清了自己的错误，从 1900 年博览会之后，法国装饰艺术家才慢慢地向救济改良方面作新的努力。

一个新的动向

一个新的动向与观念就开始在工作。这时候新的社会在它特殊的外观中形成它特殊的线描。科学的发明不但改变了实际生活，而且习俗人情都已换了新的格式，无论如何，我们现代人所习惯的生活，与前时代的已深切地不相同了。

我们的眼帘已习惯了大都市中繁多的工厂建设所侵占了的风景：机车的平行铁轨，占满街市道路的汽车，在天空划出明显形式的飞机运动。

在我们的周遭，无论出行或攻读，无论何时我们都能看见几何体的机械形式（无线电台、电动机、钟表等），逐渐地，这些线条与形式统治着我们的幻觉。1914 年欧战的工业化，多半也是由视觉与精神对于机械形式的习惯而采用。这个时代中的青年，生长在机械与速率的中间，比较前代与上代更有了极端的变化。

科学又连带着改变了卫生的处理，愈演愈逼近地侵入我们的习俗。卫生又鼓励着做规则的运动——这差不多是表示新世纪的当年活泼、果敢的必要形式。

事业与旅行同样在各方面加速地进展，交通的便利、行动的需求也分外迫切；为这些新的产生而改变过了的近代生活的实际，不容许我们再流连着过去"为装饰而装饰"的虚有形式。最近50年才发明的强度人造光（电灯等），使生存在其间的人的动作明白地暴露，所以在形、体、线各方面只求其清楚与精明，法国装饰艺术在这个时候，才明显地表示它们其实的意味与活活的感觉。

近代思潮与近代装饰艺术

所以环境使艺术家不再迟疑在无意识地对于不了解的过去的崇拜及由于职业才给予关怀的装饰与时代感情的关系。他们似乎是需要自然而然感觉到社会，感觉到新生的动静，一个新的装饰是不能再少的了。

对于简单线条及几何形体的恪视，才开始在新的美学中有简单线条的平衡与配置的整个考虑。

关于这些创作上的问题，艺术家应该去寻找一个适合于当代需要与趣味的解答，但决不能因此完全否认代表过去人类思想主体的传习。正如塞佛里尼那样以过去的形式做基础、用近代思想去创造新的艺术。

以想象为主体的艺术的本身，应该具有简单与合理两个必要的条件。当时过分典型化的受了立方派影响的所谓活的艺术，最显著的表征就是舍弃旧有的形式。他们正在形体与色调强度的交响中追求艺术品整个结构的平衡与节奏。他们是在"构造"他们的创作。

同样在雕塑方面，为要使立体光暗的调节显现，艺术家省略各部的小节，在大的轮廓与大的面积中寻求整个的调和与全体均衡的效果。

所谓装饰艺术在这个时期比雕塑与绘画更显著地反映着时代的倾向与趣味。于是线条的单节、形体的显豁，非常清楚地在装饰品中表征着艺术的动向。

要免除因简化而发生的干薄与冷淡，同时又适合现代人的幻想，法国装饰艺术家在这个时候就极注意于质料的优良与色泽细腻的玩味。

实际上，这两个新倾向的产生，是受了 1900 年之后外国艺术形态的影响，最显著的是 1909 年巴黎雪得莱戏院开演的俄罗斯舞剧与 1910 年在巴黎秋季沙龙举行的德国苗尼克艺术展览会。这两个运动中显然流露出当时装饰艺术在色阶的配置与选择两方面的努力，而使法国装饰艺术引入一个新的境地。

另一方面，根据本能的使动，艺术家在新途径的追求中，从昨日的体式中发现到回返于传习的必要，终于逗留在寻常为实用所限制而契合于近代生存理想的普通形式之中。

这种可以说是根据现代心理而决定的步骤，重要的还是技巧，因为从这个时候起所谓技巧问题，在装饰艺术家心中占据了一个极重大的地位。

机械工业与装饰艺术的大众化

因从技巧上的推究而开导两条新的路：第一是因科学的进步发觉了许多新颖的材料，第二是由机械的处理实现了许多前时所不能实现或不易实现的理想。

现代法国装饰艺术与欧洲各国同样地统割了一个技巧的新合场之后，在遵循着现代心理而推进的时候，应该产生出一个新的风格。然而所谓风格，是根据时代思想，经过一个长时期的寻求之后，艺术家不期然地综合在某一个新的形式中，而公认这个形式就是经过许多时间寻求而产生的所谓风格。谁知道，经过30余年长期的进步与改革之后，法国装饰艺术已经同时产生了几个风格。

如果我们能退后几步来观察，应该相信装饰艺术家的创造精神方面没有像这个时代更显著更活跃的了。虽然这种精神的表现还是东西散乱的没有统一的联络，虽然个人主义还未全然放弃，但是这个精神与物质同样神速地在人群间的空气中交通，创造精神终于统治了感影，引起了有意味的形式的产生。两个定期的展览会是扶持这个新形式出产的运动：

其一是创设于 1903 年的秋季沙龙，以它坚执的忍耐，在每年新作品的展览中引起显著的效果。它的装饰艺术展览部不断地供给新颖与大胆的作品。

其二是创于 1901 年的装饰艺术家协会的沙龙，联合了著名的工匠与艺术家的作品，每年定期地举行。

此外，还要提到的就是华利爱拉博物馆按时举行的应用艺术品展览会。

一直到 1925 年，巴黎万国装饰艺术展览会综合了 20 余年来装饰图案在一个新合场中努力的结果，不再斤斤于抄袭与假造的现象，确是近代人类思想独特精神上的一个大启示。

再次，严格地追求着新形式的工业活动对于社会的影响，逐渐地由漠视而迎受，此中尤以几家大资本的百货公司相继做了有力的模范。第一个开始是以新的装饰作为店内外构造的还是巴黎"春店"，创立于 1865 年，是白里马弗拉承揽；其次是麦脱里司的辣飞也德百货公司、1922 年博蒙纳的便宜百货公司、1923 年的罗佛百货公司。其他巴黎或外省商店，也逐渐追随着同样的运动，当时在工业与创作家之间又重新构成非常坚强的合作集团。一切工业的支部都同样呈现活的气象，所谓过去的抄袭艺术在现代艺术形式之前终于全部崩溃。

现在，群众已开始采取这个新的发觉，再没有人去想到历史上的石箭、油灯以及那带着原始形式的轿子。实际上，除了古玩收藏家，在博物馆与研究室做历史上的参考物之外，为什么我们要使不合时代、不合现代思想、不合现代生活的物品在我们的周围呢？

近代装饰艺术的简单化及其成因

此后机械主义像它本身的活力一样，在各方面发展，显然的，现代装饰艺术已整个为工厂制品所侵占。在思想方面与在实际生活一样都根植在这个现代的特殊形态中。此中最显著的是建筑家柯布西埃（美国的摩天大楼的创造者）的纯机械主义的理论。他说："所谓住宅，不过是一个供居住用的机器而已。"甚至于无视一切美学上的传统规律，他对那些认为有眼无光的人说："你正在找寻现代的风格吗？现代的风格正在你眼面前，在你的电话机、自来水笔、汽车、邮船、飞机，那些为现代应用而创造，并不拘泥于传统，而注重现代生活的实用性上。"不必说，这个理论，结合当时与绘画上的净化主义联合起来的阵线，一度引起多方面的攻击：大家以为早期机械主义上的风格和那些简单的几何形式已不能满足突飞猛进的当代化创作上的需要了。他们说：这种简单化的趋势，是人类回返到穴居时代前夜的倒退。其实，如果我们能以时代背景深切地研究一下，就会觉得这其中自有其必然的趋势。

一、关于心理问题的：自从 1852 年之后，法国装饰艺术在"为装饰而装饰"过分努力的时代，一切笨重、重复的无论在建筑还是日用器物上都可以见到的花边，糕点系一种堆花图案，大概均无实际的意味。如外国点心上之堆花（今人以此为讥笑）与面条，都已使人讨厌。所以需要一个极简单的形式来改变意味。

同时，我们因为生存在这个为速率所激荡、为紧张的情绪所挤逼的、烦扰的世界上，所以极需要一种内在的安宁。当我们游息、旅行或正困顿在一个办公室内时，我们不想碰见一个玩弄聪明的繁杂的装饰对象，而是需要一个简单的精纯的形式。

二、关于社会问题的：在现代社会制度中冲击着的人群，要保持自己的永生，只有向集体组织追求，所以要一个人安安静静穷毕生精力去完成一件仅有的艺术杰作的事情是不可能了。在各不相谋的机械分工制造品一大批一大批地充塞了的都市中，即使有了真正艺术家要自己一个人完成一件作品的时候，也不会像19世纪那样繁复与精细地做违反现代人心理的东西了。

此外，近代社会组织中最显著的一个特点，是近代卫生问题。我们觉得生存最大的原则，在我们衣食住行中除掉装饰之外应该加上卫生的条件。因此现代装饰中是决不容许那些堆积尘埃与滋长微生物等一切于扫除洗濯有所妨碍的边缘与雕刻的饰物。这个过分的近代生活卫生的顾虑，不但在近代装饰艺术的"形"的方面有所影响，而且连装饰品应用的"原料"方面都有极显著的改变。譬如，从前法国的食品店（如牛奶、肉类、药品、咖啡等等）内外装饰用的原料都是木料，现在却差不多都用大理石或人造石、瓷砖来替代，就是在普通居宅也都改用瓷砖、玻璃来做墙壁、地板、桌面与洗濯处的应用器物。

三、关于经济问题的：在世界不景气的恶潮中，使真正艺术工人完全消没的最大原因是经济问题，使近代人对于艺术装饰品的鉴赏意趣减低的也是经济问题。显然的，在一个工人可以统率50余台织机的出品能力之下，是不再容许一个挑梭手织工人的存在的。不管前者与后者货品的精致有如何的差别，在小资产阶级的社会中，不能拿百十倍的货价来购一件日用物品，从1928年以来法国受了美国与德国的影响，正在盛行均价百货公司，这种倾向的扩大，正在限制精制品的产出。如今在衣服、木器、日用器物中都有同样的倾向，不必说，此后的装饰艺术将更浅薄、更无聊地依伴着现代的人生了。

结论

总之，人类精神文化形态的演进，是以时代运向为指归的。装饰艺术运动也与其他艺术运动一样，以人类精神的前趋作它自然的演进。我们既不必如近代法国装饰艺术家作"近代装饰艺术死灭"的悲感，也不必预先估计是否像原始时代一样，装饰艺术当在相当的时期中回归幻灭。

1934年5月1日于巴黎

编者注：原载《艺风》1934年第2卷第8期。

法国沙龙简史

在 3 个世纪以前，马沙兰创设了美术学院，章程上有一条这样说："凡属美术学院会员，每年必须将本人或生徒作品在会议厅陈列展览。"这可以说是沙龙的最初动机。

10 年之后，路易十四时代，由高尔培重订两周年展览会规程，就是每两年中征集画件陈列于皇宫或白理翁宫。据 1673 年的记录共有陈列作品 166 件。其中阿尔特多菲的《亚历山大的胜利》等均在这一次的展览会中。

1699 年王家建筑家兼营造总裁孟沙氏征得路易十四的同意，允许将卢浮宫大厅加上壁幕与御用毯饰作为美术学院陈列室。其时加入者已有 295 号，玉文耐的《圣书行传图》及郭辈尔神父的历史画等均在是年陈列。范围渐大，社会人士的注意力也慢慢地增加，当时专以记载宫殿节乐的《法兰西日报》也牺牲了 30 行的地方来记载这个展览会的事件。

一直到 18 世纪，据 1738 年的记载共有陈列品 297 件，代表六十几个作家，其中有夏唐、拉都尔、窦司波、蒲雪、里哥、文露、巴露塞尔。

1748 年营造主任劣闹芒开始应用审查手续——这是一位多事的祖宗。

只有达维——那在君主政治下最革命的艺术家，于 1791 年提出立法会议而发出如下的布告："不论法国或外国艺术家是否画院会员均得陈列其作品在卢浮之一角。"从此那些被摒绝的非画院会员也得享受卢浮之壁，而公然陈列其绘画。

沙龙的波浪于是逐渐扩大。

于是一切烦琐的表象逐渐地增加，上油节（展览开幕日，Vernissage）从此开始。贵族的少妇着了细腰的绸裙，漂亮的少年束了蓬松的假发，一手撑了丹麦的小狗，憧憬在卢浮的沙龙。

出品目录也来了。

即刻，方形沙龙已不够容纳。加增阿卜罗厅，蔓延到楼梯边，一直下降到天井。经过第一帝国及复辟政府浪漫与古典派的争端，特拉克路阿的胜利，在 1848 年曾一度废除了审查，5190 幅绘画自由陈列在观众之前。

其中经过几次移调：1849 年在皇家厅，1852 年在王宫，1858 年是在 Faubourg Poissonnere 一家聚餐厅中。最后当 1855 年博览会在实业厅举行的时候，沙龙是在总统府附近举行的。

这唯一的沙龙逐渐在官派的势力中滋长起来。大家步履着学院的传习平平安安地走他稳健的路。虽然没有显著的创造，却总是规规矩矩做大家爱做的工作。因此社会还是非常地尊重、景仰，一切画家都希望能够加入这个一年一次的艺术运动。当时远居在法国南方爱克司地方的塞尚，幻想着蒲格路的沙龙，还不时送去他的作品《苹果》《浴者》《埃斯泰克的海湾》与《圣维克多山》，虽然与路易·菲利普及拿破仑第三时代的哥露、特拉克路阿及巴皮仲派诸画家一样，塞尚几次都是受落选的待遇。接连着就是印象派画家及式拉友人的落选。

依恃着官派的势力，盛气凌人的不公态度，终于引起真正艺术家的反对。这时候所谓实业厅的沙龙已全然变为 Pompiers 的巢穴。于是 Artistes Français 与 Société Nationale des Beaux-Arts 的分裂，独立派沙龙与秋季沙龙一直到 Salon des Tuileries 的产生。

欧战之后，法国在盛行交易所的疯狂的商市中，画家像海边沙粒一般的众多。因为每一张画都找得到顾主，所以每个人都画画。不问美学、格调、好或坏的画幅，一切都可以销售。拿破仑的沉思、滑铁卢之衣、小孩的玩石、伟人肖像等绘画与猛兽一般凡拉门克的风景，及哀愁的于脱里乌从彩色明信片中抄袭下来的域外的风光等绘画一样地成功。这是 Atelier 的黄金时代。

眼见得这疯狂不健全的绘画全盛时代，在现代社会经济破产的不景气中逐渐地消逝。不管活的绘画与死的绘画，除了几个侥幸成名的作家之外，艺术家都生活在穷困的际遇中。一切互相争斗着的沙龙现在已再没有勇气来与其斗是非曲直。法国画家沙龙与国立美术会沙龙已早早合并起来，其余秋季沙龙、皇家沙龙、独立派沙龙也都大开门户。同一个作家同时加入四五个派别极不相同的沙龙是很常见的事。

现在是一个死的静寂统治了整个战场，没有死伤也没有滋长。虽是几次几次各个沙龙在那里应时开幕，千千万万的艺术家在那里参与，但是我相信，像这般庞杂、混乱、没有系统、没有限制的广大的艺术作品陈列所，所谓沙龙的制度，绝不是新艺术产生的园场。

1934年5月3日于巴黎

编者注：原载《艺风》1934年第2卷第8期。

巴黎中国画展与中国画前途

中国画展在卜姆美术馆开幕之后，虽然有不少好的批评，但是因为是偏于宽泛的不着实际的谈吐，本人就坚持着要自己的老师一同去做一回周详的检阅，要知道欧洲这班画师究竟对于中国画有什么意见。

我的画师就是法国19世纪名画家让－堡耳·劳朗斯的儿子、新近去世的以素描负名于法国画坛的比也耳的兄弟，法兰西学院院士、巴黎国立高等美术学校油画系教授堡耳·阿尔蓓·劳朗斯是也。我把这位画师的头衔不厌其烦地列举出来，就是为了要表白他是一位自小有艺术修养、对于绘画有着相当体验的画家。我是在上课的时候请他的，劳朗斯先生说："不知道听见过多少朋友对我讲到中国画展，讲到中国画展的可贵，然而总是忙着忙着，一直到现在还没有机会去参观一次！好吧，我想在礼拜三那天下午，完了课，一定要去一趟，最好是你能够和我一同去，为我解释一点中国画技巧上的问题。"

卜姆美术馆是在皇帝花园之中，位于巴黎的中心，恭古特一带本来是车水马龙、行人栉比的地方。那天天气晴和，下午 5 时之后，皇家花园正是工作完了的文人在那里游散的时际。卜姆美术馆前支张着新簇簇的中国国旗与一丈见方的中国美术展览会中法合璧的广告。虽然是在开会 15 天之后，而且是在 5 时之后,（但）用 5 法郎（合中币 1 元）购了入场券去参观的人仍非常多。

我进会场不久，劳朗斯先生与他的太太就来了，非常迫切地，他把我一手拉到左首近代中国画展览室去。

"还是先看古代的吧！"我指着右首一间大展览室说。

"古代的？"他迟疑了一会，"那些差不多是从罗浮画馆搬来的东西，我想将来看的时候还多，不如去看一看近代的再说。"

"你知道，劳朗斯先生，要明了这近代中国画的根源，有系统的我以为还是从古代的开始较为适当。"

"很好！"他说着我们就从右首古代绘画陈列室看起。

这个画室中，陈列着的四五十件作品中，自唐、宋、元、明直至清朝，除却四五件壁画属于一个姓罗的中国画商之外，其余的 40 余幅古画全然是外国人所有的。为永久保护起见，这 40 余幅年代久远、变了色的中国古画，都装置在玻璃镜框中。这样一个装置，那气象就有一点怪异，至少"古色古香"的风味要减少了好些。

第一张为劳朗斯先生看中了的画，是一张明朝的羊，画纸已变成棕黑色。这是三只绵羊，那卷曲的毛硬化又不失自然，那线条的构成、曲线的布置等都非常调和，而又含着崇高伟大的气魄。

"啊！这几只小羊！"劳朗斯先生惊异地叫着，"你看它们一点也没有做作，一点也没矫揉，自然地把画家的风格、气概和那伟大的生命毫无遗漏地表现在纸上。虽然是三只小羊，但是它们给我的印象，比达·芬奇的圣母还要崇高神圣！这样的格调，这样纯洁的画风，你看从文艺复兴之后有多少画家在追求而不能达到的境地。这真是中国的画圣。"

接着他看到赵子昂的骏马图、元代画家画的鹿以及唐人画的一幅有 17 世纪意大利画派构图风味的《醉酒图》。似乎意外地探得了一个新的艺术园地，劳朗斯先生赞赏着转过身去，却刚好看到一幅（标）注着明朝（一尺见方）的画像，同样装在一个精致的木框中。这张画像背景涂着青黑色，脸部作惨白色，是一个三四十岁的中年男子，着了青衫，勾描得非常精细，可以说是一张西洋的小型画。

"喏！这一幅画就是朋友们赞赏备至、特别要我注意的画！"劳朗斯太太一见到就叫了起来。

"是什么时代的画？"劳朗斯先生一面走近一步去观察，一面向我问。我说："注解是明朝的画。但我以为像这样的画风，掺杂了西洋画意，或许是清朝的东西吧。"

"你（说得）有道理！"劳朗斯先生说，"这张画颇有一点像意大利15世纪画家芒载业的深刻笔法。我以为至少不是纯粹中国画风吧！"

"这是什么意思？劳朗斯先生！"此刻卜姆美术馆馆长忽然走到我们前面，"你是不是说这幅画不是明朝或元朝的东西？你要知道，这一个陈列室的几十幅画是从三四百幅中国画中选出来的，都是选而又选，拣而又拣，在时代上无论如何不会错的！"

"然而，我觉得这幅画确有西洋画的风格，不管是真的也好假的也好！"劳朗斯似乎坚持他的判断。

这时候馆长似乎有点着急，他引着劳朗斯到前面一个画室中陈列的一张乾隆皇帝上朝时的横条前，这是一幅宫廷里极其工细的写实图。"你看吧，从18世纪开始中国画才欧化，中国画才有西洋的风格！"馆长先生于是指这边，看那边，"其实，"他继续说着，"我以为中国画自有中国画的特色，他们的理解、他们对于自然的认识都是超过我们不少的。人说，近代的西洋画受了日本画的影响，其实，中国画的历史还在日本画三四百年之前。远东只有中国画而没有日本画，自然我们受的才是中国画的影响。非常不幸的，中国人拼命把西洋画掺杂在他们的国粹画中。像他们，"他指着我，"这一类年轻的人——是生了翼翅的雀子！我始终不喜欢他们到这里来搬这里的东西回去。所以前次开日本画展览会的时候，我是禁止在此地的日本学生与他的先生来参观的。因为我们开展览会的意思，是要把各地的美术、各地的风采特色保留着，并不是要它渐次地磨灭同化了！而他们——青年的学生——却一味厌恶自己的宝藏，来迎取别人已经疲惫不堪的东西。譬如说富其他……"

"不要说到这个宝贝吧，我请你！"劳朗斯先生终于开了口。

"然而富其他画几只洋火匣、香烟头、别针……倒还不坏！"

"不要再说这一个人家所不应该知道的画家了，我请你！"

"那么，"馆长先生急急引导着我们进了近代中国画陈列室，指着徐悲鸿的画，"你看，像这一个中国人，这样努力地画了这样大的画。最奇怪的是他在几年前亦是巴黎美校的学生，他曾经受了西洋画的教导，回去之后，能够把在欧洲所受的教育运用在自己的国粹画中。他才不是一只生翅膀的雀子，他才是我们——西洋人——所希冀着的中国近代画家。"

“是不是？”他对着我点点头问。

“劳朗斯先生？”这时候我看看劳朗斯先生，劳朗斯先生却用他两只锐利的眼睛盯在我身上。

“不要说什么，等一等我和你说吧。”劳朗斯先生轻轻在我耳边知照了一声。

馆长先生又引导我们到齐白石的画幅前，他说这才是一个“人才”，一个有才干的画家。于是又走到张大千的画前，他说他的东西有诗意，又熟练。其次是张聿光的画，他在他彩色的金鱼前站住了，他说这是中国现代最为民众所欢迎的画家。

“你看他非常巧妙的画法，擎一支笔，浸一点墨，一横笔，就是一只金鱼……嗒！”馆长先生的上嘴唇和下嘴唇用力地分开，做出一个干答的声音（意思是顶刮刮的好货），“我们已决定展览会之后要收买其中最好的几幅。”

馆长忽地转过头来，在壁角上看一幅两尺宽、一尺长的装在银色木框中的画。这张画在整个陈列室中显然有一点独特的气概。画中似乎是一只雄鸡，只用了几条墨线，一条红色线做了鸡冠，非常简单随便，实在说不出什么好坏的话。不料馆长先生指点着说：

“据说这是一个什么美术学校校长的画，否则，我要拿掉他了。

记得前年我曾买了一张，也是一个校长的洋画。但我是像以前讲过的，不喜欢中国人画西洋画的，所以这张画并没有张挂出来。"

我们匆匆地在馆长指导下看了一周，只听得他一个人的解释，但我自始至终不知道劳朗斯先生对于这许多画的见解。当馆长先生解释完毕匆匆忙忙地离开我们以后，"请你告诉我对于这个画展的印象，以及中国青年画家应走的路径。"我向劳朗斯先生问道。

"我十二分满意这展览会上的作品给我许多崇高的纯艺术上的意义，因为这个展览使我更加明晰中国艺术在世界艺术上的地位。你看吧，"他重新回到古画陈列室，站在明代的动物画以及赵子昂画的马前，"看这纯真的轮廓，这形体的升华，在这幅画前，我们可以了解这个大艺术家的博学，这个大艺术家对于自然的融化。没有一丝一线的杜撰，没有一形一色的疏忽。这的确是超时代的艺术品，是在世界绘画史上占重要地位的杰作。然而不幸的是中国艺术像中国一切文化、礼教、科学一般站在世界全人类之前，做了有功德的人类的先知先觉，发掘了新的宝藏，而终于湮没在没有酬报的不公平的不相识中。所以我说，中国民族是一个牺牲的民族，是一个被牺牲的民族！"他说了一句后又重说一句，似乎同情的感觉中有了几分惋惜。

"这都是确切的事实，劳朗斯先生，我感谢你对于中国民族的同情。"

"现在，"我继续问着，"在你的眼中以为中国青年画家应走哪一条道路？"

"哪一条路？"劳朗斯先生有一点惊异，"你看吧，这一室从10世纪一直到18世纪的古画，像我以前所说过的一样，是超越了时代、了不起的艺术品。你们的祖先已经为你们开发了走不尽的大道，只要你们努力向前进，不怕没有宝藏发现。"

说着话，我们又重新回到现代中国画陈列室。

"在这个画室中，显然的，"劳朗斯继续说着，"作风有了转变。你们中国的艺术家也似乎与欧洲近代画家走上了同样的道路。当然的，在技巧上讲，这一点墨、一支笔潇潇洒洒在画纸上找大块的东西，近代中国画已脱却了前时期周到细腻的束缚，向奔放豁达的路上走。你看，"他指着高奇峰的山水，指着张大千的风景，指着郑岳的荷花，指着陈树人的花与竹，指着……"这些，这些都可以说是有诗情画意的作品。但是作为一个艺术家穷毕生精力只在这一点上停步不前，缺少伟大、丰厚与正气，幽情上似乎还嫌不足。"

"你的意思是？劳朗斯先生！"

"我的意思是应该多从事人物上的创作，像古画陈列室中《醉酒图》《狩猎图》那一类比较构成点的东西。"

"然而你没有看见徐悲鸿先生的大画吗？"我即刻领他到《九方皋》图前面。

"我佩服这个作者的勇敢，画了这么大一幅画，但是我不能赞美他的素描，你看：一个圆圈，两个，三个，四个，五个，六个，七个……"劳朗斯先生像在画室中改一个初学的学生作业一般，在那幅画上将一个拉马的手臂和腿脚上的一个个表示肌肉的圆圈计算起来说，"无论如何这是一个不好的素描。"

"但是，你没有注意这位作者对于这幅画上几个人物的表情是曾经费过了一番苦心的，譬如，"我指着画中人物，"这个马前的老者一望而知是一个博学高贵、昂然不凡的人，那一个戴光帽子的小丑一望而知是一个狡猾庸俗的人，拉马的是一个武夫，等等。此外关于马的姿势、人物的布置，你应该了解这一个作者不是随便涂来的，像富其他一类日本画家之流。"

"对的，你的话。"劳朗斯先生说，"无论如何，中国画家总要比日本画家来得真诚一点。这不但我如此讲，其余一切欧洲的画家都是一致承认这一点的。至于富其他那一类卖巧弄妙误己骗人的东西，那更不必讲了。"

"那么你应该爱这幅画的作者了吧？"

"不，不！我始终不喜欢他的素描。他这一点不幸，如日本画家一样，还是缺少真实性。"

"这里有一点应该和你说明的，就是中国画家总是凭想象，从来也没有对着模特儿作实际上的摹写，所以素描的洗练方面是非常困难的。你应该知道，这位徐先生曾在法学画六七年。西洋画技巧上讲，是已经有了相当修养的人。自己从小就跟他父亲画中国画，对于中国画技巧上也不用说有了相当的功力。像这样，他凭了这两个不同技巧的训练，而融会贯通地产生了两者之间的画。这正是现在中国艺坛上高唱着的中国艺术复兴运动的原则。"

劳朗斯先生目定神聚、非常严肃地对着我说："你要当心！这是最危险的！人可说灰是黑与白两色之间的颜色，黎明是日与夜之间的时辰，莱茵河是法德两国之间的边界，但是世界上没有介乎死与活两者之间的灵魂！艺术是相对的形而上学的民族时代精神的表征，决不是拿西洋画的技巧执行中国画的原则，这一来，就可以说是中西合璧的介乎中西之间的艺术，不，不，决不是这样一回事！"

"那么，你以为应该怎么样才对呢？劳朗斯先生！"

"总而言之，无论中国画也好，日本画也好，西洋画也好，如果一个画家缺少了真实性，那就不是一个艺术家。你看，在我们前面，这几张古代的中国画中，一张有一张的价值，这可以充分证明中华民族是富有艺术天才的民族。我很希望你们这些青年画家不要遗忘你们祖先对于你们艺术资源的启发，不要醉心于西洋画的无上全能！只要追求着前人的目标，没有走不通的广道！"

6点钟早已打过了，参观的已全然退出，卜姆美术馆只留着几个守门的和馆长窦沙罗阿先生，还在等候着教授先生出来。临行前，劳朗斯先生又到古画陈列室走了一遍。

"啊！下次再来吧！"他说着和我握手道别。

走出了美术馆，夏天的时辰，6点钟还是阳光灿烂，恭古特前面的中国国旗与青白红法国三色旗互相照耀，围绕着的是喧噪的汽车与匆忙的行人。在那时刻，那世界的东方，我的可怜的祖国正处在危亡旦夕，与日本签订了和解条约的次日。啊！中国艺术，中华民族，那黄昏一般的前景，正在期待着我们共同的奋斗！

1933年5月31日于巴黎

编者注：原载《艺风》1934年第2卷第9期。

雷诺阿的胜利

如果我们承认艺术是创作的话，那么艺术进行的动向应该是前推的、离心的，是一切破坏力的原动轴，是时代改造的前驱者！然而不幸历史带着传统的关联，艺术家不一定是创造者。安格尔一生只从事于承继达维古典形态的追求和那没有情感的希腊格调的因袭，所以无论他生前是如何高傲地想要与奔狂勇武的浪漫派前导德拉克洛瓦抗争，他终于还是生在时代里，死在时代里，而没有像德拉克洛瓦那般超越时代。

雷诺阿与莫奈可说是印象派前锋队伍中两个最独特的具备着卓绝的情操、艰苦奋勇穷毕生精力向时代挑战着的纯艺术家。我们看见同时代的马奈与德加用可人的色调与笔触，多半还没有脱离传统技术的作品，比较早一点就博得社会的同情与认识，因此他们的作风自始至终没有多大的转变。换一句话说，他们已终止在创造的中程，逗留于成功的路上而不再冒险去求进取。雷诺阿却是相反地继续在不断的未来中求新生，求艺术的无止境。他并没有像马奈那般用可人的色调和笔触，他并不追求眼前的成功。因此，他是非常可怜地生活在仇视和讥刺的当代社会中，没有灰心，没有气馁，经过半个世纪长期的奋斗，时时刻刻在新的艺术过渡中推进，一直到今天。我们静心静意地在整个艺术史上作了一回周密的检讨之后，才应该毫无疑义地承认，雷诺阿是一个具备锐利的眼光和在现代女子一般充实了香、色、热、肉感的世界上最是深切地把握到核心的一个纯粹超时代的艺术家。

这一位最近在巴黎以一幅《小艺术家》赢得17万法郎高价的作者雷诺阿，同时又在渥郎其美术馆开了一个盛大的个人展览会。一时各报、各杂志的好评仿佛把这位大艺术家的品格重新又加上一个新簇簇的、显明的冠冕。在这个雷诺阿展览会开幕的前夕，《巴黎晚报》记者又特地去访问雷诺阿的兄弟及雷诺阿的儿子（就是价值17万法郎《小艺术家》画中的模特儿，现在已是30来岁的壮年了），大家都是非常渴望地想探得雷诺阿生前的一点轶事。据说雷诺阿的后裔尚占有一件极重要的收藏品，甚至于保险公司不敢担保，那些遗作的价值是可想而知了。

人说雷诺阿是胜利了，然而请不要忘记他在仇视和讥刺中的奋斗。他不断地追求，这个胜利的报酬是在1933年距他死后14年的今朝。

1933年7月21日于巴黎

编者注：原载《艺风》1934年第2卷第9期。

近代装饰艺术的认识

前时代的人，骑马或是坐轿，只要出游的际遇，总还有闲暇随时地逗留在一个别墅、殿堂、庙宇之前来赏识当代建筑家所创造出来的细密纤巧、堆满了雕像花纹的杰作。

如今我们是生活在一个为速率所统治着的世界。所谓艺术，本来是时代精神与需求的表征。这个统治现代、左右人生的速率终于产生了一个综合与暗示的艺术：单纯、清逸、强烈，一切艺术家所要袭击、感受、动摇我们情绪的东西都应该同时整个地表现出来。

愈是骑马坐轿的时代，愈是那些艺术家在真的石头、木块或是其他金属之"装饰"。他们说来也没有想到装饰艺术的问题，更没有一个人会像对于绘画一样创设一装饰艺术的沙龙。如今对于那些装饰的"装饰"已经扬弃了；为了要找求面、线整个的调和，废除那些仅仅为要适合于顺便与美好的形式的徒然的装饰，如今才有装饰艺术，如今才有装饰艺术的沙龙。

所以这样子再三地说到装饰艺术沙龙的用意，是要使我们明白，像这样重要的展览会，前时代的人曾经以为是不必有的。这可以证明现代的"装饰"与前世纪的所谓装饰有极不相同的地方。我们应该明白现在崭新的、革命的态度是根据于时代精神的本身：迅速、光明、单纯、均衡，这一切周济现代生活的重要需求。

我们所需要的装饰，并不是在原料本质上的精工细节，而是在色与光中的效果，大自然在这个时候重新从艺术上获得它应得的权衡，那才是人类精神与自然形象的交响、生存的本意。

再没有比近代妇女时装的线条那样明显、质朴、柔软的东西了。然而十余年来的近代妇女只是大胆地在色彩上用心思，多少人在创行无谓的色的鲜艳，就不免流于浅薄庸俗。最近四五年来流行的针线短服，对于运动、行旅、工作都不致有缠绕的不便，倒还适合于现代生活和装饰。

寻常日用的东西，已不再在雕边、刻花凹凸上玩味。譬如说，一把汤匙、一只茶杯、一只茶壶的线条是文雅而又坚固，应该在这些用具的每一部分，合它每一部分应用的目的。没有一点在实用与有意味的形式之外的东西来取悦或迷离我们的视觉。我们不再枉费时间去赏识用放大镜才可以见到的装饰；我们要在每一件什物的美及其所包含的艺术的意味上去享受，在一瞬间、一照眼、一接触中去享受。

家具椅桌是用光滑的木材，圆形或是成角接嵌，一切镶边、装饰、玫瑰花叶饰——前世纪装饰艺术中必不可少的材料已不再应用了。

挂灯方面，直射光或是假烛形的灯泡以及回纹、边镶的金属灯饰，已用间接的遮光来代替；近代极巧妙的玻璃装饰，可以用简单的方法来免除光耀，极质朴的用幻术一般半透明体的灯盏，已足够照耀了，视觉为这一种明显而神奇的柔和的光所爱抚，并不是为强调的光柜所刺激。

地毯与壁幕已不再去寻求能够错乱思想的故事题材的实现，他们将间段与组合色阶交错——那些一瞬间能自然地接触到视觉的感受性而使人满意的内容。

近代的绘画与雕刻、整个木器家具以及我们神速与清逸的需求都有密切的关联。所谓活的艺术之所以使我们感觉是包藏着伟大的生命的力，（是）因为这个艺术是1934年每一个人灵魂上的共鸣与调和。

雕刻强调显出光与暗的比较，它用内在的表情来显示给了赏鉴者，使你感觉了之后，再自己暴露出光亮来。

绘画在极准确的比照之下，如音乐家的和声一般摆上它纯粹的颜色，有时把表现的物体变了形，但是依遵了综合的、拟示的真实而深刻的意味，总是一件好作品。

近代的绘画与雕刻给我们以强调的刺激，然而它能在刺激之后关照着我们，譬如说，一个平常的人知道得极少的生活内容，一条陌生的道路，它为我们开发、征服而留守，因为它就是我们恍惚的思想与无意识的冀望的表情本身。

我们且去设想一个近代的声调，一个完全为真挚的近代大艺术家所设计实现的城市，试设想我们在汽车中经过，那房屋的前面店面、亭子、纪念碑、围场、广告、车辆，那居民的服装等等——虽然在汽车的速率之下，我们一定会受一个极大的感触，在这一切的混合中，我们将留存一个满意的遭逢，一个不能遗忘的回忆，一个必然的需要，为了要欢娱我们的时代！

1935年2月12日于巴黎

编者注：原载《艺风》1935年第3卷第8期。

近代绘画上的『变形』与『无能』

经过了极度的动荡之后，如今欧洲艺坛的前线又重新冲入具有坚强的线描，对于色值（Valeurs Colories）有极准确的观察的传统主义中。有多少画家在这个概念，这个新的需求中曾不知不觉地陷入过去的传统主义，陷入学院主义。——就是所谓有极好的 Métier（技巧），却（呈现）冷酷、厌倦与平凡的表现。

画家如果没有兴感，没有意想，没有热情，没有爱好（Amateur），没有灵活的观察与奔放笔触，用两只手来做一个行业，那简直就是一个工匠。

从前达维（L. David）在画室中对他的学生讲："诸君到画院中，是求学习画业（Un Métier de la peinture），所以我教你们画画的方法。我并不反对你们之中有愿意去学鞋匠的，但是在此地一天，你就得学一天的绘画。"

所谓 Métier 就是一种分析，一种依靠着定型材料奴仆一般的模仿。实际上，艺术是在 Métier 完结之后才现实的。

艺术家根据自己幻想着的创作的雏形，对于自然形象的某部分轻减（Alleviate）或加重（Amplify）。在演绎的过程中，一定要变形（Déformer）而有意地做一个十足的撒谎者。

因为只有变形才能表征艺术家对于美的泉源的活跃的感觉，只有变形才能明显地烘托出我们寻常所不能见到的那些隐藏着的意识。一切意大利、德国、法国的大画家，没有一个不用他的变形来使我们感受到最深切、最恒久的印象，谁也没有感觉到变形而起的坏感。

虚伪（Mensonge）是艺术的基础，然而我们是需要一个神圣的虚伪，从真实中得来的神圣的虚伪。

一件精细得像照相一样的作品，只能说作者是得到真实的外表，真实的皮面，而决不能得到鉴赏者的兴感与深情。

诗人应该高处在一切常人之上用尖锐的字句来刺激我们的情感。音乐家应该找到他不可以用科学及道理来压束的共鸣（Résonances）与音乐鼓动我们。雕刻家应该用自己的方法结构我们人体各部的形式，使日光在那里照耀着的时候，给我们一种不能在自然中碰得到的强力或韵致（Grâce）。画家应该移调、改作、变形一直到他自己开始知道不仅是描述对象，而是引思、追念，好像一个站在充实了生命的各种振子，与活跃的大场合之前的人，要将那些东西整个搬进自己脑袋中那般疯狂的举动。

这些艺术家如果仅仅要用无意识的准确来捉住生活的外表，那他们就不成为画家、雕刻家、音乐家与诗人了。因为机械——照相机、自然的铸型（Moulage sur Nature）、留声机、打字机等——已经足够做这些事了。

为什么我们能够允许戏剧上的变形，而不能了解绘画上的变形呢？一般所谓智识阶级与大众早已习惯于舞台上显然而最不合理的三面壁的房屋，而观众既不觉演员涂抹的为可惊，又不觉装腔作势的腔调为不自然，只是兴高采烈地在细听静观，他们完全懂得而且感觉得有味……然站在一幅绘画之前，有多少人能了解那些奇特的线条与想象的色彩？

如果我们对观众说实际上线是不存在的话，观众一定要疑惑。然而一切显现在天边的山岗的线，在海面的水平线不过是光学上的幻象，自然的现象而已。因为自然本来是一个伟大不可拟摹的艺术作品，它的自身也正存在着许多虚伪、谎言。线条是我们习惯所形成的表记，人类精神的抽象词。所谓素描（Dessin）却并不是用这个习惯的表记来造成的整个，因为"素描"不是外表的轮廓，而是内部的表情。

一个画像或风景的精神，在作者依着他自己的性格对于自然的找寻、执着、演绎方法之如何而产生的不同表情。同样，外表的轮廓往往因创作过程中容受各种极不同的影响而产生多方的变形。这种表面上的变形，依照摄影术的解释，并不是真正的变形，因为照相术中的真正变形应该是物理与心理的现象（Les phénomènes physiques et psychologiques），只有艺术上的变形才是真实而深刻的。

如果承认线条不存在于自然，那末（么），面调（Plans）是存在的。从物体本身的色彩经过投射影（Ombres Portées）、暗明部（Ombres Clairs）、明灰部（Clair Obscur）而至反射光。面调是要看每一个物体受光量的多少而定其明暗远近。所谓色彩上的变形，是作者在写画之前假定了一个较自然色相为减轻或加重的比重色调（ton de poids），然后再局部分布的推演着的对比。事实上非对于真正色值的调和与比照有了深切的研究不可。

总之，不论是色彩还是线条上的变形，应该扩大自然形色的重要部分，而省略那细碎的局部，是要知道择取的方法。

这里所谓择取并不是偶然间的取拾，也不是没有理的彻骨的省略；应该是包含一切精华和重要部分的保留，所谓"却到好处"，不过分又无不及。抽拔自然间的完善部分，为其配置与均调。当我们分析一个由真正艺术家的精思所构成的作品的内容的时候，我们就能发觉这个艺术家的灵魂内部。因为我们从艺术家择取的内容中，可以知道艺术家的力量。

因此"省略"或"扩大"存在于艺术家创作时的变形问题，是测验艺术家本能的先决条件。然而在变形之中，必须计算到别人的了解，统一一个显明的方向使动，正确地，调节地深入于听众或观众而得到对方感觉中明白的了解。

然而要一个根本不了解自然的人过分地向没有理由的奇异方面去伸展，那正如一堆在路边的砖石与建筑艺术的比例一样，离真正的绘画是远着呢。

因为如果从事艺术的人缺少明知与 Métier，他们的变形不过是没有力量的表现。这些坏艺术家之所以变形，是因为他们根本不知造型而胡乱地假造。所谓神圣的虚伪，不过是一个虚伪的虚伪，欺诈与无能，是小人们的阴谋盗计。

1934年10月14日于巴黎

编者注：原载《文艺月刊》1935年第7卷第5期。

现代艺术运动的基线

艺术家的任务是适应社会现象而创造人类灵魂上新的启示，从文艺复兴之后，拉斐尔、米开朗基罗一直到达维、德拉克洛瓦等，没有一个不是在意识的前导、在精神的装饰上追求个人天才的表现、自我的成全。

然而因了近代社会制度的剧变，所谓人类生存的斗争已显然尖锐化，画家已没有圣殿皇宫大的面积来供他技能的献奏；因了都市居宅的紧缩，就是一幅比较大一点的装饰画，也找不到一个销售的主顾。于是乎所谓"画架画"就应运而生。

本来画的好坏主要在内容，大小原是没有多大的关系。然而为了要寻求气魄，要布置色泽，要构成，要执行，要一个宏大的整体，非在一个比较大的篇幅中，是不易表现的。当然在一幅画架画中，我们绝不能像达维、吕朋司那样表现如此繁复、如此周细的内容。而一方面又因了这类"画架画"在纯粹艺术意味之外，还要照顾到鉴赏者的装饰室内的条件。所谓艺术家受了这许多限制之外，虽然有天才要来表现他的"思想""画的气氛""灵魂"，一切绘画上的要件，而不能够。

于是聪明的人，比真正艺术家更聪明的人，就创设了一个新的见解：以为我们可以纯化我们要表现的形态，升华我们的笔触，分解我们的色阶，造成了近代形体色线的大革命！于是立方派、构成派、未来派等都先后在理论上创作，在思想上造型。一切画的实在性却不是在画的表面，一切画家要表现的内容依然是画家自己的内容。

不必说像这样的变态事实，结果是画、画家、鉴赏者，三者各处在一个绝缘体的立场中而造成近代绘画的神秘性！

本来一张绘画是艺术家生命的寄托，它应该在鉴赏者前面把作者的感受思想、灵魂全然向你申诉，要求你共鸣。然而在这些神秘性的绘画之前，却如在一个昏黑的午夜，不使你看见，不使你听见，人且顺从自己的幻想，说是在海边也好，说是在一个残暴的杀戮之后也好，说是在爱人怀里也好，说是世界末日的狂乱中也好，甚至你如没有精神，闭着眼睛打一个瞌睡也好。

近代绘画的神秘性给予我们一个超然的境界！

因此，我们可以自认愚笨，可以不了解绘画，可以不看绘画，但不能估定这些近代绘画的评价。

这种倾向产生了两种新的现象：第一是投机分子的介入，第二是绘画的商品化。

所谓近代绘画上的形体色线的大革命既冲破了技巧的基线，于是乎天才之流就源源而来。我们不能说那些立方派等创导者不是极顶聪明的人，然而也不能说此种主义承继者一个个都是艺术天才，因为他们的画不需人了解，所以不必表现，也无可表现。只要不是断手断臂的人，就可以成为一个艺术家。谁不要饭吃，谁不顾投机介入，享受一点名利的清福？

我们应该注意！这里所谓近代艺术的集团中已有了两种目的不同的分子。既然近代绘画是如此神秘、高妙，为投机而来的人就索性坏一坏良心，向他的名利目标方面尽力地去开展。

这里，卖画商就同画家勾结了做同一的勾当，于是像交易所的商品一般，把绘画看作发财的机会。这一来方法就有一点不同，进行的步骤就显然神速起来了，因为商人有金钱做资本，只要他情愿，在一个穷光棍想做艺术家的梦的时候，就不顾一切地替他做宣传出报，等到宣传时机已成熟，于是乎大吹大擂替他开一个个人展览会。

于是乎第三种人在这个展览会中显现了。

这是一个参观的人，然而他来参观却像是到金钱交易所去探听黄金的标价一样。自然他并没有看挂在壁上的商品，只是匆匆忙忙读了几行介绍文，听了几句画店老板的暗示，于是乎根据自己历来对于商业上先见的天才，就购了一个号码。

第二个同类人也定了一个号码，第三、四、五、六、七……

第一次的买卖既然有了显著的成绩，一个新的青年的天才画家就平白地在荆棘中被发现。这时候除了画商勾心斗角地在设法开展他的市场之外，又加上那些居货待涨的收藏家在同心协力地为他们的画家作有力的宣传，市场上显然已有了嚣扰。于是乎第四种人——所谓艺术批评家也不落人后地加入他们的集团。

如今，艺术家、画商、收藏家、艺术批评家的四部合奏曲已成，作战的阵容已整。所谓现代艺术运动的基线即在于此。

天才

随便请问一个现代艺术家："成为一个画家或雕刻家……的主

要条件是什么？"他一定回答你说："要有天才！"

要有天才取得到一个沙龙的奖牌、美术院会员，要有天才使巴黎塞纳路或蒲爱西路中的画商来替你的画标卖、特路拍卖场与你订好交易的合同。

要有天才做一个官派沙龙的出选画家，要有天才被举为独立画派、皇家沙龙或是秋季沙龙委员会的委员。

要有天才在年轻时候得到一个罗马奖，并且同时使一个著名的画商来光顾你，与你订好长期交易的合同，使你生活可以有保障。

这里我们应该明白，所谓天才的不同应用。艺术家喜欢用同样的字，说同样的话，却不是同样的意义。

由于图画补习夜校以及自由画院之充斥，在巴黎，不管男男女女、老老少少，差不多可以说每一个人都能执笔绘画。记得巴黎一个名为 ABC 函授图画校的广告上说："不能执笔绘画与不能执笔写字一样，不是文明人，不是近代人！"于是我们可以知道有多少多少的艺术家在这个大都市里！

我们应声明：就是一切名为画家、雕刻家等的人都可以随处展览，随处陈列。自然啦，做陶土的工人、雕字店倌、油漆匠、泥水匠之流，他们都已有了他们天赋之才，只要一研究，一应用，大胆地签个字，于是你就得看看明白才可以批评指摘。

除此之外，还要看老天的意志。因为"天"既予以"才"，就得任意支配。有些大画家原来是牧羊出身的，有些水手也曾用艺术的手腕去创作绘画，也有油煎马铃薯商人成为一个大艺术家的。听说还有一个关税员出身的画家，画出来的画比煌白朗的杰作还有价值。

总之，"天"既予以"才"之后，其余一切就要看人类自己的活动。

何况群众是盲目地追随着评论家、画家、画商做是非的梦。因此我们可以知道：20世纪的艺术家都是天才的艺术家！

艺术家既都有了天才，所以一切艺术家的作品就都是天才的作品，只要能够代表天才——就是签了字的——作品，就是值得的宝贵的东西。

由此我们可得到一个结论：20世纪的绘画只有签名的是值钱的东西。

画商

19世纪法国著名作家米蒲也曾写了文章来颂扬过的画商唐琦，

恐怕读过印象派画史的人不会忘记他那种豪爽地协助印象派画家的事实。他因爱画家的画而惜画家，为了要拯救画家而终于自己也死于穷困的命运中，像这样的画商已没有了。如今的画商是王中之王。

他主宰一切，他拢披万有！他因为爱钱而利用画，而利用画家。当然在他看来，一张画就是一件商品，一个画家就是一台机器。

为了商品输出而做广告，这正如清道丸之类、Ford 汽车之类，用动人的手段来使一个艺术家从不知名的社会中露头角。这事情是要广告公司来设计，决不是一个艺术评论家的职务。

艺术的意味已没有了。收藏家对于绘画的见解，正如交易所的金价，只要收藏家觉得他所买的画有买卖的价值，他就毫无顾忌地收下来，宝藏着，静待时机。一到涨价时候，于是乎他由收藏家又变画商，拿他所储有的画件来左右市场价格。

当然，他们对于那些坏的画家是不相顾问的，只有天才的画家才能得到一点利益。然而可以断言的是，这些天才画家的天才并不是画商成功的一个紧要条件，因为画家的作品有无价值是曾经银行簿记家精密计算过的。

画商因为利用某画家而代他做广告、扬名，所以一个被扬名的画家就应该如他的工人，一大批一大批地出产，而且同惠立姆红色补丸一样，既然货色出了名，为顾主所认识，就不能任意改变商标、改变画法，因为画法的改变足以使商品销路不灵。

在世界的这种转变中，画家已不能靠艺术生活，除非他有一个画商，他能替画商做一个小工人。画商开了店，至少就有一个比较大点的角色来支张场面，自己仿佛一个戏班的老板，如果他有饵，他就聘请明星来做台柱。

艺术的核心，诚实、超然、独立性已没有了！

只有商业与金钱！

如今的画商是王中之王！

艺术爱好者

爱好者这个词，法文 Amateur，是从动词"爱"——Aimer 来的。这所谓艺术爱好者的名字，只有从前时候还配得称呼，因为他们才是真正爱好艺术家使他感动、使他媚悦的创作。他们终于结为朋友，神秘地相互适从，他们从艺术家的导释中领会到他们所共同艳羡着的绘画的奥妙。他们非常欢悦和荣耀地购置一幅画，是为了"美"而不是为了"夸张"。为了要尊誉他自己的意趣和炫耀他自己的眼光，才把他所中意的画家的作品保存在自己家中。非有真正"趣味"的人，决不愿他们来鉴赏名画，不使旁人也领受这种清福。有许多小康的人为收藏名画而使自己生活为难，于是就拿它做女儿的嫁妆。等到子孙们没有后代可传的时候，他们就慷慨地捐赠给国家。

在法国，像这一类的艺术爱好者如 Julienne、La Live de Jully、Crozart、La Caze 等私人收藏家捐助国家画馆如卢浮宫等极多。

一直到印象派画家，这一类的艺术爱好者如 Caillebotte、Durand-Ruel 等尚留着许多极好的故事，他们救济画家们，如 Claude Monet 等无以为生的时候，用极少的价格来收买画家自己所爱好、而后人又肯出钱收买的画。一到画家胜利的时候，收藏家和作者才共同享受他们从画上所得来的利益。非常公平的，他们始终是极好的朋友，因为在相互的信服与爱美的热情之间，金钱决不是他们所中意的东西。

如今像这样的事情已完完全全没有了。

所谓"艺术爱好者"二三十年来已变为投机事业者的变名。买画不是为了爱画，却是为了在"涨价"时的转卖，虽是装作着欣赏和热爱的感情，像一个识货的、有意趣的人一般。如今无论艺术家、画商、艺术爱好者都不是阿木林了！他们知道应用他们的聪明，机械地在艺术作品上应用了商业广告的方法，使绘画成了一个简单的彩票的价值，这实在是 20 世纪最丢人的现象。不管画中的表现，差不多看画的反面而比正面还要留意地在检验作家的签名。因为只有在这一点上可以断定是否可以赢得大洋钿的东西。那些莫名其妙的赌画的人竟将一张绘画填写在火油与木棉交易所的市价单上。艺术爱好者买了画，甚至连带回家去的愿望也没有，留置在商品堆栈中，交给那些手腕灵敏、机巧过人的专手去做广告宣传，等待一个好的脱手的时间，赚得丰满的利益。

像这样一个投机式的艺术爱好者，与画商实在就是一个相同的东西。

1933年10月于巴黎

编者注：原载《艺风》1935年第3卷第8期。

绘画上的实质问题

艺术对于人类感情唯一的使动就是"愉欲"——所谓感觉或灵魂中的快感。

如果是一幅真正有诱惑力的画，应该使一个鉴赏者从这幅画面得到深入于精神、心灵与感觉中的快乐，这幅画就至少要含有思想、体式与实质三个重要成分以均衡配置。

思想——是因感动与敏觉的移入、加上一部分我们从画面上的构图暗示而产生的文学趣味所构成的内容。

体式——是带几分巧妙或能力将形成绘画上的线条、体量、整块、光值等，依照自己独特的性格，调和地比照着相当配置而成的整个，是艺术家气质本身的表白。

实质——是一幅画给我们的真正的愉欲，由造型、技巧与色彩三者同时供给我们一种甚至于要想用手去按摸画布那般的肉感。

如木料一般，好的木料不一定就能成就一个金贵的器具，同样在绘画上，好的 Matière 不一定就是一幅好的画，然而如音乐上铿锵与柔和的音响，雕塑上以谨慎、准确与强力所成的断面，建筑上合乎整个比例的部署，好的 Matière 正是诗歌上的韵律。

绘画鉴赏者对于绘画的爱好是从视觉及于画面的表象而来的。Matière 的优劣在这时候实在含有一种奇异而深刻的美的成分。不问 Matière 是明亮或是沉滞，是稀薄或是厚重，在过分地以轻淡笔调为主的马内（今译马奈）等印象主义之后，为更切实一点地捉住瞬息在变换着的光的实质，苏拉等以点为面创造印象主义；在过分地拘泥在色的复制之后，罗特等倡导以坚强与磁面一样的大块 Matière 而作立方主义的画。

这里，我们当明白过去画派的变像都是 Matière 方面不同的应用。所谓的 Matière 不过是一个时代的追求结果，而不是个人私有的秘密，因为一件艺术作品的胚胎是要思想、体式、实质三者的均势合作而成的。

一个画家决不会自己发觉他已成的 Matière 与体式，除非他是有了坏的 Matière 与假的体式。因为许多所谓 Matière 不过是油色的堆积，用了厚重的笔触，呆呆板板地在画面平涂，一层层虽然加厚了画面，造成许多凹凸，但是失却全画面的连续，破坏了一切平衡的内容。

所谓好的色浆也不就是好的 Matière，因为好的色浆含有的是纯色的重量与色分，至于 Matière 却保有它表面全部色素的品质。

好的 Matière，一如看得见赤色血流动的年轻人的皮肤，是生命本身的活动。

除却小的速写画，正如文学家在手抄簿上记着一点参考材料而不拘形式一样，亦无所谓 Matière。寻常一幅画布的预备，所谓底面的修饰是非常重要的。

如果去问一个知道色料的化学性质、对于色彩的混合结果有了非常经验的画家，他一定要你避免色料的重复叠置与偶然的混合，因为这与一幅画的持久与否是非常有关系的。有许多画家（尤其是古代作家）先用黑灰在画面作了底，以后再用透明涂色法，有许多画家以调色刀先涂了厚实的颜色画草图，然后再以笔修润；还需要有一种第一个就在图面涂了极厚的色，然后再刮掉、雕切，使全画面的油色均平之后，再以笔绘。更有先在头脑中部处全画的理想，然后以某一色在画面作一个笔触，根据这一点出发，而比照推想在色的分量、表面部与厚度各方面得到他所预算着的画。

还有多多少少不胜指述的法子，正如作家的性格一般也无法限制，因为作家对于自然的感觉不同，视觉的敏感亦不一样。

有时候仅仅一个大胆的色调对比，紧凑而又有调和的色值的综合也能产生好的 Matière。我们有了真实一般的感觉，却又无法去证实他是真的，这正如对于某种素描上有意在纸面上挥画着铅笔的痕迹，给我们一种超乎自然的真实力量。

一个真正的画家应该是一个色彩画家，应该时时刻刻注意色素成分的美观。

绘画上的灵魂在观众是题材，在批评家与鉴赏家是运用的优劣，在画家却是 Matière。

编者注：原载《艺风》1935年第3卷第8期。

有色电影的成功与画家

自美国著名 R．K．O．电影制片公司最近公映自然有色电影 *Becky Sharp* 而得到惊人的成功之后，毫无疑问的有色电影已达到它完成的目的了。

电影艺术在它短促的二三十年来迅速地进步，到如今这样有形有声有体有色地持续的改进中已成功了完全的艺术美的各分野。此后电影在艺术上的价值已可想而知了。

这里我们所要讨论的是有色电影成功之后画家的地位。

因为到现在为止，一切电影上的布景装饰大部分都由装饰建筑家所担任。所谓建筑、结构与形式，占据着全部布景装饰的重要地位。而对于色彩，与存在于布景装饰及演剧者的服装之间的统一诸端是从来也没有出过问题。

过去演员的服装，大部分由著名的服装店租借或定制，在无色的 Camaien 上，一切都可以调和混合。这里唯一的问题就是布景的结构，而这所谓布景的结构，只要有计划，一经装饰建筑家的擘画之后交给营造者在限定的时日中如期实现。

像这样的过去对于电影布景的组织中，似乎没有一个画家，也可以完成电影中所需要的背景与装饰。

然而在有色电影中，却显然不能那样用机械方式来完成，因为如今的有色电影俨然是一件图式的作品，这其中，不应该有一个细小的部分受严厉的视觉上的指摘。

一个极好的建筑家能够完成装饰布景，然而谁也不能确定这个人就是色彩家。

要一个由练习成功的建筑家是可能的，但一个色彩家却非由练习所能成功的，因为色彩家多半是要有相当的天分，要有相当的赏识意味，要有色彩的感觉，热爱一切调和的创作。

像一个歌唱的音乐家一样，要有独特的声带、音调一样，现在需要专门从事于颜色的色彩专家。

因为电影中不应该有无益的小节，一切有它的重要与必需性，一个用极大的成本、极大的工程代价所产的电影，只要一点小的错失就可以使全片失败，所以我们要从有色电影开始的时候，从画家中发现几个能够从事于色彩电影的有用的人才——所谓色彩的专家。

此后我们应该承认，画家在色彩电影中新的重要地位，画家中色彩家的发现是目前最重要的企图。

1935年6月30日夜于巴黎

编者注：原载《艺风》1935年第3卷第8期。

关于年画
——参加全国美协年画座谈会的感想

要表示感谢的，是因了参加这次年画座谈会的机会，得先期看到陈列在四个展览室，包括全国六个地区全部分四百四十五种年画创作。

无疑的，一九五一年年画创作，在质量内容与表现技法上，都显著地标志着较过去提高了一大步的气象。事实说明了解放后各地区的艺术家是如何用行动来表示自己对于人民祖国深切的爱护，这是值得庆幸的。

参加上述展品的作者，总共有三百多位。这许多代表着各地区，忠于人民祖国伟大的创建事业，忠于自己的业务的艺术家，已一般地把个人的能力与智慧运用在自己的创作上了。在题材的内容上，反映着农村改造、都市建设、民族生活以及伟大的保卫祖国、抗美援朝与争取世界和平的各个范畴。在表现技法上，包括了木刻、水彩、油画与单线平涂诸种方式。以首都为领导，从西北到东南，可以说都正走向提高的道路。

旧的年画形式，已经从新的政治觉悟与工作条件中解放出来了！在反动政权时代，一切被暴政剥削的劳苦工农大众在一个整整长年的灾难磨折中，希望用"爆竹一声"或"天师""地王"的门神来驱除自己的不幸的这种观念，在年画中再也不会存在了！今天的年画，已成为广大人民群众，在喜庆节季中的光明快乐的征象了！

基于这种明确的性质，我们感觉到，今后作为年画创作的题材与内容，一定要把握着一个重心，就是明朗、愉快、欢欣、鼓舞这样的空气和这样的作用。

想想看，一个农民的家庭，为了庆贺新年，用一两块钱去城市里买一张年画来张挂，假定这是一个中农成分的家庭，包括一个四十五六岁的主人，一个四十岁左右的女主人，一个十七八岁正在上冬学的女儿，一个在县立初中的十五六岁的儿子，这种农村家庭的组成中的每一个人都有自己的意见和自己的喜爱，如果拿甘肃敦煌的一个农村家庭说，我代他们猜想，他们可能会买一张"毛主席在天安门大检阅""毛主席和斯大林握手"或"上海和平大游行"等那一类年画的。

他们需要热闹、明快、有大场面——那些曾经儿子从学校里老师们口中听来而无法想象的人民首都北京的活动场面。

此外，在展览作品中还反映了一部分年画创作人不能更好地把握创作技能；但为了工作，我知道各地区都有用"突击"的方式来赶制出来的东西。因此有套用旧创作、模仿别人年画的现象。例如"娃娃戏"一类的作品，无疑地是受了冯真在一九四八年成功作品"娃娃戏"的影响。这种现象虽然可以说明年轻的美术工作者都在热烈地向成熟作家看齐的学习精神；但严格地说来，这样重复类似抄袭的行为，不但不会获得如画家所期望的成果，也不会给画家以业务上很大帮助。因为这里画家是没有认真严肃地来搞创作，没有认真严肃地把握着工作的重心，没有表现出自己打算和应该表现的东西。一个真正的创作者，应该用自己的意志来摄取描写的对象而决定自己的题材的。我们不需要为表现而表现的空泛不实的东西；我们要根据生活现实，实事求是地掌握它，描写它！例如少数民族，他们满布在祖国的边疆和沙漠高山与草地上，他们有他们健康而丰富的民族色彩，他们有纯良而勇敢的民族性格，他们也代表着中华民族的优秀品质，生活在其周遭的人，就应该全心全意地追逐这种形象，用造型的手法刻画与表露它们！但事实上是怎样呢？上海人在上海画了一幅各民族大团结的画，据说这是一幅一九五一年上海年画中销数最大的作品。这是一幅采用过去月份牌手法来画的东西，作者在这里仅仅把京戏舞台上的角色搬到年画的纸面上，支离破碎的笔调与没精打采的色泽，整个画面没有很好地把伟大的民族特点处理出来。显然的，这位作家并没有经过深入研究民族特点与他们的表征而轻率下笔的！他没有表现出他应该要表现的东西。

讲到提高的问题，江丰同志提出"知名的成熟的画家参加年画创作"的呼声。我想这是一个非常确切的及时的要求！正因为还有许多知名的成熟的画家不动手搞年画的缘故，所以把那一项重要的面对人民大众的工作落在一部分没有完全掌握技巧的青年画家身上了！如今他们都是没有例外地勇敢地承受并且用自己的力量来完成它！这个事实应该可以作为未经参加年画工作的知名与成熟作家的鼓励！

王朝闻同志说明："一切有关建设的能够鼓励人民启发热爱祖国情绪的绘画，就是一幅风景画也是我们所希望有的。"当然，一切的技法，无论是国画、油画、木刻、水彩画、单线平涂，都可以用作表现的方法的。在这个情形之下，我想我们的作家是可以用自己的力量来参加年画工作的。一年一度，我们从自己的生活中来提炼出一张适合于自己各种条件的创作。这件作品应该是代表作者一个年度的工作，是人民大众的年画，也就是绘画作家自己的年画。全国美协在这方面可以考虑和人民美术出版社协商办法，保证若干这种性质的年画，用特约或是画家自报的方式计划并帮助实现一切有关于出版方面的具体办法。这是一个提高年画创作技术，推进画家创作气氛，改善年画形象效果的必要步骤！

编者注：原载《光明日报》1951年3月1日。

从中日文化交流历史说到敦煌艺术在日本展出

依仗西方帝国主义的力量、推翻德川幕府封建统治政权的日本明治天皇，当时提出"向世界学习"的口号，实际上是在醉心欧化的方针下，向西方资本主义世界、向帝国主义侵略方式学习，从而日渐走上侵略的道路，终于遭受了第二次世界大战战败的命运。

今天，善良的日本人民心目中牢牢记着，近两千年中国与日本人民长期文化交流与和平合作，对于东方和世界文明曾有过卓越的贡献与杰出成就。这些成就，正如在京都、奈良、宇治、大阪、东京等地我们所亲眼看到的创建于 593 年的四天王寺与修建于 607 年的法隆寺。这些相当于我国隋唐时代修建的寺院中，至今还保存了制作于唐宋时代的干漆木雕的佛与菩萨造像、壁画，以及富丽精致的造像身上的头光、背光、宝冠、璎珞佩带、供宝等。它们或则仿唐代的结构，或则如奈良的唐昭提寺，是由唐代中国高僧鉴真和尚直接按唐代蓝图规划建筑起来的。这些古代建筑和艺术，结构风格保存了中国风格，匾额、碑碣都刻着挺秀的唐人书法。这些历史，老年日本人明白中日两国人民悠久的友好和文化交流的关系，就是到那里去游历的西方国家的客人，也是无法否认的。

但是明治维新的政策、"西方万能"的政策，使军国主义者以人为的力量把两个邻近国家的人民友谊与文化交流关系生硬地隔绝起来了。

正如日本美术评论家中岛健藏先生在看完敦煌展览后也认为，盲目地模仿西方资本主义的政策，绞杀了日本人民的创造性。在绘画上，他们甚至放弃了他们曾经在19世纪法国画坛上深深地影响印象派绘画的日本浮世绘，而模仿来自西欧的各种资产阶级时新的艺术流派。他们一个阶段一个阶段连续不断地模仿学习。从20年代开始的欧洲画派，如后期印象派、立体派、野兽派、未来派、超现实主义，一直到各式不成形的抽象主义艺术，日本画家都悉心一意地在模仿着、学习着。不久，日本也产生了可以与法国后期印象派代表作家塞尚作品乱真的日本画家，产生了可以与法国立体派代表作家罗奥作品乱真的日本画家，有日本的达利，有日本的马蒂斯，有日本的弗拉芒克等指不胜指的亦步亦趋模仿得尽善尽美的日本洋画家；一样的有包揽画家的画商、捐客和为他们所私有的阔气画廊。于是，他们可以依靠他们的资本开展览会，出专刊画集，收买艺术评论家等，以各式巧妙的方法来捧一个画家或打击一个画家，他们可以用金钱来抬高或降低一个作家或一幅画的价格。

然而好景不长，日本画家在战后被占领的苦难年代中，已尝到了灾难的滋味和出现没精打采的趋势。虽然在"美国生活方式"的宣传影响之下，像第一次大战后的法国一样，日本也成为以美帝国主义为首的资本主义国家的文化中心之一，成为西欧几个国家游历和观光的市场，形式主义的名画家曾经有过一个短暂的活跃，但是这个时期并不很长。近两三年以美帝国主义为中心的资本主义国家经济在衰退，同样很严重地反映在日本的艺术界。

一个权威的现代美术评论家兼镰仓现代美术馆馆长，热心地招待我们到他的博物馆中参观，他苦笑着指着一件正在被孩子们爬上爬下玩着的不成形的所谓现代雕刻说："小孩子不听话，要他们不爬也不听，反正这些都是用钢骨水泥制造的，践踏一下也无所谓。"他的这番说明，使我啼笑皆非，无言可答。这里暴露了一个形式主义艺术往何处去的严重问题。我记得过去曾读过一本由法国艺术评论家安德烈·萨尔蒙写的批评现代形式主义艺术的书，书名叫《节日欢乐后的悲哀》，正像一种过了一夜酒吧间里灯红酒绿阿飞式胡闹生活之后所感到的困乏、空虚与悲哀！

敦煌艺术是在这种情况下在日本展出的，受到日本人民极其热烈的欢迎。在东京，参观者最多时一天曾达到7000人，它的丰富内容与一千年间生动、活泼的演变、发展历史大大振奋了现阶段的日本画坛。名画家福田平八郎在《每日新闻》的论文中说："敦煌艺术给日本艺术指引出今后的方向。"一时日本画家、雕刻家、建筑家和装饰美术家都用兴奋的眼光在观赏、研究敦煌艺术，他们从敦煌艺术品中找到日本艺术如何吸收中国画的传统。一位美术史家小杉一雄撰文就敦煌艺术与日本古代艺术作了具体比较。他们以不同的喜好来欣赏敦煌艺术：现代形式主义画家喜欢奔腾、粗犷的敦煌北魏艺术，日本画画家喜欢金碧辉煌的唐代艺术，雕刻家喜欢敦煌唐代彩塑，建筑家喜欢拿敦煌唐宋建筑与日本法隆寺等唐宋建筑来比较，装饰美术家已提出了今后日本图案的方针是将以新古典格调来大量学习敦煌图案。

临别日本的前夜在谈话中，一位负责日中文化交流协会工作的日本朋友对我说："敦煌艺术在日本展出的成功，是不能以 10 万观众、3 万册目录、120 篇报章杂志文章、20 次座谈会等有限数字来估计的。如果一定要照上面这样计算的话，那么只是原始的种子，而这些种子埋在日本土地上之后，会生长发展的。我十分同意你今夜在椿山庄告别会上提出毛主席的'东风压倒西风'的名言。敦煌艺术有这样一种力量，打破了'西方万能'这种存在于日本现代人心理上的一种观念，十分可能使我们的文化艺术走上中国的也是日本的东方优秀的民族传统。不但大大地促进了日中文化交流，而且也大大地促进了日中友好与和平合作。"

编者注：原载《美术》1958年第6期。

图案与图案教学的『写生变化』

图案是工艺美术创作劳动的名称。创作图案的目的，在于使人们衣食住行等日常生活所需的物品，除掉适合实用外，还要具备完美的外表；通过美化人民生活，使艺术为无产阶级政治、为社会主义建设服务。

图案课是工艺美术院校的基础课。这门课怎么教法，怎么学法，我们还没有一套很成熟的经验；在摸索的过程中，大家自然会有各种不同的看法。最近，雷圭元先生一连写了两篇文章（见1961年11月22日和1962年3月23日《人民日报》），提出了他对于图案教学的改进意见。他的意见受到重视，尤其是他对于临摹和写生变化方面的看法，引起了一些不同意见的争论。这种争论正说明了有关同志对于这个直接关系培养图案创作人才，关系工艺美术设计，关系轻工业生产，关系社会主义建设的重要问题的重视，是一个值得欢迎的好现象。雷先生的文章，也同样引起我对图案教学上一些极不成熟的看法。现在不揣冒昧，直率地提出来请雷先生和有关同志指正。

一 图案创作的"源"和特点

图案教学的根本问题，是如何使一个图案工作者面对自然，面对传统，面对外来的材料，根据当前实用美观的需要，加以演绎，而从事图案创作。艺术是社会生活的反映。艺术家是用各自的特殊手段来能动地反映生活，例如，音乐家用声乐或器乐不同的音符节奏来体现生活的感受；建筑家用结构和立体的布局来解决生活方面"住"的问题；雕塑家用三度空间的形体塑造来表现光和力、动作与表情的节奏；画家用笔墨色彩和线条来表现生活。

那么，艺术家如何从生活中、从自然的素材中来吸取养料，概括地反映生活？毛主席说过要"取其精华，去其糟粕"，换一句话说，就是要用政治和艺术的眼光加以取舍——在于"取"与"舍"的问题，在于"知所取舍"的问题。这是一个复杂的问题。因为如何表现生活，要看作家如何从生活实践中来体验生活。体验生活要经历一个熟悉和认识的过程。生活熟悉了，才能辨识它，才能知道精华与糟粕，才能"知所取舍"加以风格化，完成典型性的描绘和刻划，才能由"生"变到"化"。我国古代工笔花卉画家教徒弟的第一课，就是要学生把花瓣花蕊一个一个数清楚。这是客观认识事物的第一步。其次是要学生一点也不少不变地对着花卉作客观临摹。知道齐白石作画经历的人，都明了他早年写生草虫花鸟下过很大的功夫，所以到后来才能一挥而成概括力如此强大，生活力又如此丰富的草虫花鸟。从他晚年的作品看来他不但善于取舍，而且知道如何从不同的侧面来栩栩如生地刻画其精华。这是符合毛主席所说的："作为观念形态的文艺作品，都是一定的社会生活在人类头脑中的反映的产物。"人类的社会生活是艺术的唯一源泉，一切艺术作品都是社会生活的反映。艺术家认识和反映生活的过程同样遵循着"实践，认识；再实践，再认识"的客观规律。这个规律指出了一个艺术工作者如何从社会实践中吸取创作素材，经过创造性的劳动，艺术地反映生活的过程。也就是从"不似"到"似"，再从"似"到"不似"。具体到图案创作，就是从"不会写生"到"会写生"，从"写生"到"变化"的过程，就是从感性认识上升到理性认识的过程。

图案创作虽然是从写生中来，但因为以实用为主，要有夸张有缩小，有像有不像。譬如飞机的制造设计，最初是飞鸟形的变化。长形的机身和左右各一的翅膀就是为了减少大气的压力，平衡机身的重量。及至喷气式飞机的产生，由于它飞行时超音速的高速度，减少阻力，把原来两只垂直地伸展在机身的翅膀，向后倾斜到四十五度以下。接着火箭发明，火箭的速度更是快于喷气式飞机，为了减少阻力，火箭的造型设计干脆取消了两个已经是多余的翅膀，改为箭头形一样的东西直冲云霄。由于需要的变化，最后形式离原来飞机设计的飞鸟的形态已很远了。因此图案艺术设计的主要目的在于实用，要在符合实用的要求下进行艺术加工和美化。我是素来喜欢中国古代铜器上的花纹的，但当我看到一把清代末期的铜剑上也同样装饰着浮雕的花纹时，思想上就起了一个反感，因为剑是"利器"，从剑的功能出发，我们要求能在剑上看见闪闪发光的"锋利之感"。现在这个剑上却雕凿上了许多与之无关的浮雕纹样，这使我在宝剑前面左右为难：是欣赏浮雕呢，还是欣赏宝剑？因为我不能离开宝剑孤立地看装饰纹样，更不能剥掉宝剑上面浮雕的装饰纹样去欣赏宝剑。

诸如此类的关系，即生活与艺术的关系，实用与美观的关系，写生与变化的关系，它们是"若即若离""不即不离""又即又离"的辩证的关系。所谓"外师造化，中得心源"，也可以同样适用在图案创作方面。这里"造化"指的是客观存在，包括生活所触及的自然形象及民族民间遗产等。通过意识，从感性认识到理性认识，融会贯通地"变化"起来，要做到中有"心"而左右逢"源"。作为一个艺术工作者，不仅要用理智去"认识"世界，还需要用强烈的感情去拥抱世界；这样才能像杜甫一样，写出"朱门酒肉臭，路有冻死骨"的好诗；像聂耳一样谱出《义勇军进行曲》那样的好歌曲；像齐白石那样画出《不倒翁》的好画来。

二　写生临摹是为了"变化"

怎样教学生"变"？

图案是使美术与工艺紧密结合起来的一门功课，是工艺美术院校的基本课程。能否正确处理图案教学上的"变化"，是能否使工艺与美术紧密结合起来的要点。一个艺术家在创作劳动中最大的努力，就是"变化"。一个艺术家是否尽了创作中的最大努力，要看他能否从生活中，从自然界的形形色色中，从传统的遗产中，从民间的传统中汲取养料"变化"成为一个艺术品。善于"变化"的艺术家，可以使手中拿一个马鞭，在台上大步行走的演员，成为一个英武的骑士。善于"变化"的艺术家可以使用不同节奏的音调，来抒写像《义勇军进行曲》那样代表无产阶级劳动人民慷慨激昂的革命感情。善于"变化"的艺术家可以用平地直上的结构，建筑出杭州西湖的保俶塔，来表白人们一种向上的宗教感情。问题在于"变化"，在于善于"变化"。图案教学中的基本功，就是写生变化。从"写生变化"四个字的字义上看来，着重在第三个"变"字。早在魏晋南北朝时代的佛教术语上，已采用了这个"变"字。如伍子胥过昭关"变文"，就是用通俗的文字将古文翻译出来。敦煌壁画中有法华经变、须达拿太子变，就是用图画来表白佛经或本生经故事。法国工艺美术学校称"写生变化"为 INTERPRETATION DE LA NATURE。日本人把这门功课称为"写生便化"，我们把它称为写生变化，也还说得过去，讲得明白的。写生变化这一课，就是教导学生如何能"外师造化"，"中得心源"的"变"出合乎需要的图案；如何教导学生"师"生活，"化"生活，"造"生活。从写生，写意，一直到创新。从华君武同志在谈漫画创作经验的文章中，我们可以看到一个漫画家的努力，不但要从生活中，而且要从政治气氛中敏感地伸长了他的嗅觉，像

X 光那样，像照妖镜那样，透视生活，透视国内外政治气候，明辨是非地从事构思和创作。一个在北京的漫画家，可以从一条国际新闻的字里行间，发现华尔街五角大楼肯尼迪、兰尼兹之类的嘴脸，"变"出刻画入微、切中要害的讽刺画。漫画的妙处在于强调和夸大对象的特点，去芜存精，创造出锐利的具有战斗性的画面。图案的特点是要用线、形、轮廓、色彩、纹样的对比与调和的节奏，利用动静、虚实、大小、繁简的配合，组织成富有装饰性的图案。写生变化的练习，像戏剧舞蹈工作者练毯子功，像声乐家练嗓子，像画家画速写一样，要不断反复地勤学苦练，使我们从复杂的生活和自然中，第一步能够简化自然，第二步能够发现特点，第三步能够在符合实用的要求上知所取舍，然后得心应手地创造图案。像漫画家一样，要求图案画家具有敏锐的感觉，有 X 光那样善于透视的眼光，哈哈镜那样善于突破框框的能动的脑筋，万花筒那样变化无穷的手法。

由于学生程度不一，素描基础比较薄弱，开始学习应该从自然的写生着手，同时可以做一些中外古今图案的观摩和临摹。不过无论写生或临摹，首先要向学生强调：写生为了变化成图案，临摹也是为了变成我们此时此地应用的图案。这是一个达到"变化"的手段，决不能止于写生和临摹。我们的祖先很善于把外来的艺术"变化"成自己的东西。敦煌十六国时期和北魏时期的壁画图案中忽然出现了汉代装饰图案中所没有的三瓣叶子的植物纹样。经过初步调查研究，它们的渊源来自中央亚细亚、来自伊朗和希腊。它们的祖先是希腊建筑物中哥林多式柱头上的毛莨叶，从毛莨叶到三瓣叶的纹样，是简单又简单化了的。但我们古代的艺术家却在简单的三瓣叶的尖头，描出了像龙井明前茶叶那样挺秀的翘角。这个翘角提纲挈领地把希腊柱头上毛茛叶的糟粕去掉了，精华益显得突出。然后组织在汉代传统的山水云气纹中，发展成了隋唐时代的卷叶唐草花纹。因此我以为，写生变化课程的进展，也可以分作两个步骤进行。

第一，在写生变化的课程中，无论是写生或临摹，都要在写生或临摹图案的下面立即画一个经过变化的应用图案。

第二，在第一步学习的基础上，可以从自然形象或古代图案遗产不经过写生或临摹进行直接的应用图案的变化。教师不难从上述两种作业中，像检查色盲一样，可以立刻发现一个学生是否有创作图案的才能，是否学会创作图案的本领。

在很多作业中，你可以发现有一些人连客观的写生技术也没有。另一些人写生是能写生了，临摹也能临摹了，但他们却止于写生或临摹，"变来变去变不到图的节骨眼"上（雷圭元先生语）。还有一些人不但能够写生，还能从写生中变出巧妙的应用图案来。

要学好写生变化的"变"，首先要学好写生时的"简"。为了图案的写生，一开始时就要求学生能简化对象。在开始写生变化时，可以从形和色两方面来限制他们。明明是一朵圆形的花，可以限制学生不许用曲线，只能用几根直线来表达。明明是红花绿

常书鸿指导所内壁画临摹工作（敦煌研究院供图）

叶，可以限制学生改变一下或颠倒一下，如画黄花绿叶或绿花红叶，甚至用黑白两个颜色来表达。从写生到变化，关键要突破框框，上面所说的一些限制，就是要人们从不变的框框中突变出来。像从 X 光的透视中看到自己肉里的骨骼一样，像从哈哈镜里看到自己的仪容一样，虽然令人大吃一惊，但只有这样，才能突破成规，突破框框，才能使图案艺术能动地反映生活；使"写生"与图案"变化"有机地结合起来，说变就变，变得好，变得妙，变得万紫千红，百花齐放！

在火热的斗争中前进

——甘、青、新三省美术作品联展书感

最近，甘肃、青海、新疆三省（区）举办了一个美术作品的联合展览。这是一次三省（区）美术工作者交流经验、提高美术创作水平的展览。它展出了汉、满、回、藏、维吾尔、锡伯、哈萨克等七个民族、九十余位作者的国画、版画、油画、水彩、雕塑等作品一百六十余件，这些作品以不同的风格、不同的主题，从各个角度上反映了三省（区）的人民，在党的光辉照耀下，改造自然、战胜灾害、增加生产的英雄的事迹。

火热的革命斗争，引起文艺工作者创作的热情。新的作品中引人注目的是，很多参加了农村社会主义教育运动的作者的作品，它们充满革命情感的艺术词汇，激励了观众，教育了观众。青海朱乃正的素描《贫农会的委员们》从四个委员不同年龄、服饰的造像中，使我

们看到他们立场坚定、对党忠诚的共同特征，他们像纪念碑一样地团结在画幅的左角，信心百倍地展望无穷无尽的锦绣前程。边兴德的国画《老贫农们》，用传统国画的形式，动人地描写出夏季清晨草原帐幕外，几个翻了身的老贫农，在儿孙绕膝、牛羊成群、野花丛生、风景如画的肥沃的草原中，远眺人民公社集体所有的肥美的羊群。作者选择了老贫农爷爷在喜笑颜开的孙女儿旁边说边指的瞬间，通过那饱经风霜、备受奴役所形成的皱纹，揭示出了新旧社会的对比。画面上的老贫农们，现身说法，抚今忆昔地把他的经历告诉膝前的儿孙，以教育革命的接班人。甘肃版画作者晓岗的木刻《贫农会上续家谱》，是作者在农村阶级斗争的生活中所创作出来的一幅作品。老贫农以亲身的经历教育自己的子孙，当农村一些敌对分子还在利用破烂的封建宗庙祠堂的宗族家谱来迷惑群众时，这幅画及时地刻画出翻身的贫雇农用革命传统教育后代，必须牢牢记住过去的血泪仇，要把我们的人民公社的新家谱永世万代地续下去。另一个青年国画作者钟为，在《从前的奴隶现在立了功》一画里，生动地表现了一个从前的藏族奴隶当了解放军，并立了功回来，乡亲们围上他亲切地交谈，姑娘们争着看他立功受奖的照片；过去是奴隶，现在是光荣的立功受奖的解放军战士，成了多么鲜明的对比。

甘、青两省有些老一辈的国画家，他们以几十年从事绘画工作所掌握的笔墨描绘今天的新事物。如韩天眷描写学习雷锋的《红岩苍松》、汪岳云反映兰州建设的《绿化白塔山》等画受到观众的欢迎。方之南的《日月山中有人家》，一幅并不大的国画山水，却生动地反映了处于青藏边界海拔三千米，曾经引起文成公主过此荒原时伤心悲泣的名胜古迹，今天在这里建立了"人家"，并已开拓成为富饶的农牧场所。方之南用传统山水画的形式，把一半如云烟遮没的肥沃草原和生产基地，组织成青碧相间的生产基地。画家以巧妙的手法，赋予这一块静止的山麓以脉脉有生的感觉。同样情况，出生在青海的画家郭世清，原来是一个善于用深厚的水墨粉彩描绘花鸟的作家。十余年来，在党的培养教育下，在毛主席的文艺方针指导下，不断地深入生活，把甘、青的草原和沙漠、深山旷野的奇花异卉、建设社会主义的新人新事，铭志在心，形成反映现实的好画稿。国画《采花椒》就是从这些画稿中组织出来的，三个正在辛勤劳动的藏民妇女，在茂密带刺的花椒树的丛叶中采摘一串一串的绿红相间的花椒。题材新颖，布局和章法也比较独特。可惜藏民妇女的形象描写稍显板滞，因此，我喜欢作者另一幅题为《塞上行》的作品。这幅作品是作者在柴达木盆地旅行时所感受的，这幅画使我联想到刘旷描写戈壁情景的木刻《长城内外》，这里作者以疏散的沙漠盐碱地的芦草作前景衬托，后面，在流沙激浪的沙山中，远远一群骆驼正在负重致远地把生产资料运向遥远的远方。画面的情景使我们联想到在祖国各个角落，为社会主义建设忘我劳动的人民，不管是深山荒漠，天涯海角，一样以冲天的干劲，贡献出自己的力量。戈捷的木刻《瀚海新歌》，却生动地反映了生产兵团在沙漠中改造自然、发展生产的奇迹。作者在长期从事的生产劳动中，一手拿生产工具，一手拿画笔，用套色木刻记录了这一在沙漠上作生产斗争而获得胜利的经过。这位木刻作者，巧妙轻松地在一片鲜嫩新绿的被开垦的新土地中，穿插了两只正在载歌飞行的燕子……"一片春色"，几乎使人疑是江南三月；不，这决不是江南三月，为了解释疑问，作者不慌不忙地在画幅前面布置了一块挂在晒衣杆上印有白底红字的"将革命进行到底"的旧毛巾和一件旧军服。这两件东西画龙点睛地说明了版画的主题。原来这一片画来容易的新绿，正是人民解放军十几年来，在寸草不生的瀚海上进行顽强而艰苦斗争的胜利成果。《瀚海新歌》告诉我们，只要为社会主义建设去辛勤劳动，变戈壁为绿洲，成为南来燕子的西北乐园也未始不可。燕子的新歌，显然是对"春风不度玉门关"古代诗人吟诵的对比。苏朗在他的《当家作主》的版画中，成功地刻画了为公社集体利益而操劳的粮食女管理员形象，她手持钥匙，正直而朴实，具有高尚的理想。梁守义的《搬圈》和《新修的水泵》，反映了青海农牧区生产斗争的新面貌。朱乃正的油画《金色的季节》，是描写青海深秋金黄色的季节里两个健壮的藏民妇女在打麦子的场面。作者用奔放的笔触，刻画了两个藏女在丰收劳动中喜悦的神情；金色的阳光，麦子的颗粒，交织成一幅秋收的大合唱，是幸福的劳动的歌唱；列阳的油画《故乡》，刻画出一个火车司机在经过自己的家乡时，并不因为父女的依依不舍而放弃了自己的岗位，仍旧继续将列车开向前方，这种过门不入、公而忘私、忠于职守的高贵风格，是富有教育意义的。哈孜·艾买提的《丰收的喜悦》、刘南生的《新车站》、娄溥义的《解冻》、刘文清的《草原风光》也都是值得注意的作品。

今天作为一个革命的文艺工作者，在国内外进行着阶级斗争的情况下，历史的现实赋予我们以战斗的任务。党的八届十中全会的精神，为工农兵、为社会主义服务的方向和"百花齐放，百家争鸣，推陈出新"的文艺方针，鼓舞我们奋勇前进。三省（区）联展作品所反映出来的革命气氛和浓郁的生活气息、民族特色，都是令人感奋的。同时，也能看出我们的作品在一定程度上有了发展和提高，这是党的文艺方针政策的胜利，也是三省（区）文艺工作者努力的结果。作为一个美术工作者，必须进一步深入农村，参加火热的斗争，更多地描绘能够激励人民的革命意志的作品，画出革命人民崇高的精神面貌，画出祖国的今天和明天！

编者注：原载《光明日报》1963年11月26日。

瀚海新歌①

——甘、青、新三省美术联展观后

去年秋甘肃、青海、新疆三省（区）联合举办了一个美术作品巡回展览。共计展出了九十多个作家近三年创作的一百六十多件作品。这些作品包括国画、版画、年画和雕塑。它们反映了近两三年来各族人民在社会主义建设及克服连续三年自然灾害中所取得的巨大成就和奋发图强战胜困难的战斗精神。

展出作品中最引人注目的，是反映祖国边界战士们的英雄形象和生产斗争的新疆作者们的版画。由于作者们深入了火热的斗争，作品具有浓厚的战斗气息和强烈的感染力。如王广义的《雪原出练》、袁湘帆的《红日出昆仑》和姜学亮的《林中放哨》。袁湘帆的《红日出昆仑》是日日夜夜守卫边疆的卫国战士们，在险阻的高山上所常

①　古人称大沙漠为"瀚海"。

见的幻景一般奇异的高原景色。王广义的《雪原出练》反映了百炼成钢的卫国战士如何在零下四十度的高山雪地出操练兵的一个场面……这些作品的生动形象，在不同程度上给人以鼓舞的力量。此外还有戈捷的《数九寒天》《夏》《瀚海新歌》《蜂场五月》，戈捷、林镜松合作的《深夜》，毛德慧的《西红柿丰收》《瀚海银花》，戈捷、毛德慧合作的《年年丰收》，葛德夫的《戈壁丰收不靠天》，韩连芬的《军垦战士人人爱》等作品以热情奔放的意志、锐利的刀锋和生动的色彩或水墨，刻画了数以百十万计的新疆各垦区的生产大军，在严寒酷暑寸草不生的戈壁滩上与干旱作斗争，与风沙作斗争的经过，足以说明这些作者能够深入生活，与战士同甘共苦，因而能在困难的生产斗争前面，表现了坚强的意志和旺盛的创作力量。更加可喜的是这些作者的表现能力都有显著的提高，如戈捷的《瀚海新歌》，是新颖而富有诗意的。它表达了戈壁沙漠经过顽强的生产斗争后，呈现了一片塞外江南春满园林的可爱景象。所谓"瀚海新歌"是怎么样子唱出来的呢？请看看一位唐代诗人岑参的旧诗吧："瀚海阑干百丈冰，愁云惨淡万里凝！"试看他所描写的瀚海，是一幅何等阴森凄凉的图画，是一首何等低沉哀感的曲调呀！而如今，毛泽东时代的劳动人民，在党的英明领导下，以敢于斗争、敢于胜利的革命意志和冲天的干劲，来进行社会主义建设，胜利接胜利地完成了生产任务之后所唱出来的《瀚海新歌》是多么的优美！作者在这幅版画中，巧妙地用了一片新绿的田野与两只燕子，几乎见不到一个人，只有当读者仔细寻找时，才能够从画面右上角发现两个扶锄前进的军垦战士的剪影，他们代表着新疆数十万"戈壁丰收不靠天"改造自然年年丰收的劳动英雄的形象。作者在新绿的田野下面一根晒衣架的绳索上，引人注目地画了一块和风飘拂印着白底红字"将革命进行到底"的旧毛巾和一件旧军服。在明亮鲜绿的树荫下，告诉我们这一块旧毛巾和一件旧军服，正是那些"戈壁丰收不靠天"的劳动英雄，不知用来擦了多少次，湿透了多少次汗水，才能有这样的塞外江南的景色！我仿佛从画上的燕子嘴边听到喃喃的歌声，这是鼓舞我们前进的、胜利的凯歌。你不看到画前的那件旧军服和那块毛巾已经干燥了？要"将革命进行到底"的战士，正在等待新的任务呢！这幅画之所以引人深思具有提高社会主义觉悟的力量，在于它是从革命的现实出发，又与革命的理想相联系的缘故。

同样，甘肃和青海的版画作者也创作了许多反映农村在社会主义教育运动中的火热斗争生活的作品。如甘肃苏朗的《当家作主》、晓岗的《贫农会上续家谱》。此外如青海梁守义的《新修的水泵》、国画家方之南的《日月山中有人家》、郭世清的《塞上行》和朱乃正的油画《金色的季节》都各自在不同程度上反映和歌颂了伟大祖国在社会主义建设中的新成就。

编者注：原载《美术》1964年第1期。

关于帛画

长沙马王堆一号汉墓中帛画的发现，使中国民族美术历史增添了新的重要内容。这幅珍贵的彩绘帛画，结构紧凑，组织严密，把日、月等天上景物和龙、蛇、龟、鱼、虎、马等奇禽怪兽，用平衡与对称的手法配置在中心人物的主题周围。这种布局结构很符合王延寿在《鲁灵光殿赋》中记壁画的情形，大体上是：主题以外，再用天地、万物、神怪、异事作辅助，配合成丹青鲜明、形状生动的一幅完整的图画。在远古神话传说的优美艺术造型中，穿插了墓主生前的生活情景，形神兼备，刻画细致，彩色鲜艳，是中国美术考古工作中重大的发现。

作为一个石窟艺术工作者，帛画的发现，使我对中国佛教艺术产生以前民族艺术传统的本来面貌增长了认识，从而为研究处在"丝绸之路"沿线的新疆和甘肃石窟艺术在民族艺术传统基础上的演变、发展，提供了有利条件。例如帛画中的蛇身人首的女娲，使我想到敦煌第285窟东顶的伏羲女娲；帛画中的日月，使我联想到第285窟西壁的日月和新疆库木吐喇第24窟窟顶日天。同样，帛画中的力士与敦煌北魏壁画中的力士；帛画中的大鱼与新疆赫色尔第17窟窟顶上没头罗犍宁王本生故事画中的大鱼；帛画中的龙，与敦煌第249窟北顶上的龙，和新疆赫色尔第17窟窟顶尸利苾提比本生故事中的龙；帛画中的虎豹与敦煌北魏第254窟、第428窟中的虎；等等，都引起我的联想，并得到很多启发。这里有许许多多艺术形象的例子，可以从丰富的石窟艺术壁画中引证出来，使我们进一步认识到中国民族艺术传统一脉相承源远流长的影响，也驳斥了过去某些考古学者认为西域文化来自西方的谬论！

编者注：原载《文物》1972年第9期。

朱乃正的水墨画

绘画问题,说到底是画家如何体现自然的问题,尤其是山水画方面。早在文艺复兴的初期,人们把注意力专门放在人物与建筑的创造方面。直到一个半世纪以后,才产生了充满异教气息的环境,产生了达·芬奇、米开朗基罗、拉斐尔等穿插了风景的人物画,但其主要刻画还是局限于人神的风貌。在敦煌早期壁画中也是以佛教人物画为主,正如张彦远在《历代名画记》上所述:"魏晋以降,名迹之在人间者,皆见之矣","或水不容泛,或人大于山","详古人之意专在显其所长,而不守于俗变也"。所以,六朝刘宋(420—479)时代,宗炳、王微两位画家论山水画的文章不过是总结经验体会,但他们对华岳千寻、长江万里这样大块文章,必须用以小喻大的办法来处理,因为"迫目以寸,则其形莫睹;迥以数里,则可围于寸眸"。这是"去之稍阔,则其见弥小"。但王微则殊途同归地认为画家"一管之笔"是万能的，可以"拟太虚之体"，可以"画寸眸之明"（见王微《叙画》）。他们明确地提出，对山水画的要求是"畅写山水之神情"。至于如何畅写山水之神情，自古以来，是见仁见智各有所能。我看到的近人山水画，如黄宾虹、黄君璧、张大千、傅抱石之所作，都各有所长地显示了自己对山水的体会，但他们不同程度的摸索和尝试，对现代中国山水画的发展作出了各自贡献。

……最近，意外地看到朱乃正先生所作的水墨画（以山水为主）数十幅，一如他专长书法、油画，在水墨画上也表现了多才多艺，以他一管万能之笔，淋漓尽致地"畅写山水之神情"，或"波涛万顷"，或"重山叠云"，或"流沙旋涡"，或"老树枯枝"，或"方圆之空间"，如此千变万化的激动，妙笔生花的变幻……这一切正如王微《叙画》所述——"拟太虚之体"，画尽了大千世界的形形色色，叹为观止。

编者注：原载《国画家》1995年第5期。

美术与美术教育

大家都知道，一切由人类造成的东西，都有他显著的用场。但这里例外的，我要提出一件由人类创造出来，为人类所欣赏的爱好，却是从里面看起来毫不实用的东西。譬如说，附在衣服上的花纹，无论印制或织造，都经过非常繁复的工程；这种工程不过呈现了一个美观的表面，却并没有使衣服更暖和、更安适的作用。一只有花的磁碟，不能有比无花的磁碟更坚牢；大家却情愿出比较贵的价钱去买它。同样的，那些画栋雕梁，寺院的亭角，在建筑上加着绘画雕刻塑造，消耗许多金钱和时间，其结果亦不过得到一个好看的外观，并不能增加建筑物坚牢和耐久的程度。然而在这种地方，人并没有质问："为什么是如此？"往往不自觉地感到这种美的形象的可爱，是具有不能和其他一般利害比较的高贵的价值。这是美术的作用，它就是我们今天要讲的题目。

明白人类对于美术是有天生爱好的心境，但这种心境究竟是从何而起？那就不得不归功于情感的作用。一件成功的美术作品，它一定能给予我们以内在的快感与情绪（Émotion），这种情绪使我们内心起了冲动而增加精诚的活力。

上述的快感与情绪，我们很能在伟大的自然景色（如大海、高山等）中感到。这叫做"自然美"。但是仅仅欣赏自然美，人类并没有满足。他是要设法模仿，模仿到和自然一般地产生美的情感的东西；他要在自然之外创造与自然相仿可以使人欣赏的"另一个美的环境"；他要创立一个可以欣赏的美的境界，一个由人工造成的美的世界。这就是美术家的事业，也就是人类超乎万物的宝贵的特征。

因为一般区别人类与其他动物的特点是"语言"和"理性"两种。事实上在动物中也有仿佛能够表现"语言"和"理性"的动物。如鹦鹉的能够模仿人言，鼹鼠的长廊，海狸的堤防，蜂巢，蛛网等，有时竟是意外复杂地表现出像工程师一样的精美的技巧。但这是动物中与生俱有的美的本能，决不是像人类一般有意识的创作。

相反的，在人类当中，不管怎地野蛮、未开化的民族，莫不在他们原始简单的生活方式中来完成他们的美术工作。他们在砂土崖石上雕绘他们生活的片段，做他们装饰自己的项珠手镯，粉饰他们的颜面，在他们的篷帐上做出花纹来。

几年前在法国圣杰萌博物馆看见一块刻着野象的牙片。粗看上去并没有什么了不得的样子，但这是几万年前，人类在茹毛饮血的生活中最初对于美术努力的结果。当然，这件人类初始的美术作品，离目前所见到的有许多距离。但我们不难从这些遗留下来的古代作品中看到有史以来，在这里悲惨的生存痕迹上，人类没有一天把美术忘却，因为美术不但可以启发人类的优美的激情与欣赏的意趣，而且是人类精神生活中一种基本的需要。

由于这种欣赏意趣而生的情感，往往是内在地、坚实的、深刻地存在于个人心胸中而生发强大的活力。希腊埃及的神像与坟墓上的装饰画，欧洲中世纪的美术，唐代吴道子的壁画等，就是利用这种力量来完成宗教宣传使命的实物，当然，在我们目前这个从未有过的对日战事中，我们可以，并且应该利用这种力量完成。蒋委员长昭示于我们的精神总动员的使命：就是利用美术的感应力来推动民族战斗意识的飞跃。

不过，事实上，"美术"不是一切人都能了解的东西，许多人有了眼睛却仍是"视而无睹"地把美术轻轻地放走。毫无疑问的，要美术感应力量的挥发，必须建立普遍的美术教育。要他们能了解而且欣赏美术的趣味，第一个目标要普及美术教育。让他们在如陈部长所说，"我国国民日趋严肃化，而缺乏了生动的力量……社会上到处呈现哀子、孤子的情绪，散漫而无组织，萎靡而缺乏生气的现象"中，恢复礼乐之教，"必须人人有规律的生活与正当的娱乐"，我们要提高文化水准，革除低俗卑劣的思欲。这是比宗教更彻底、更切要的涵养德性的东西。第二个目标，我们要动员现在的美术家来参加以描写发扬民族意识的革命或战史做题材的美术创作。像上面所讲，我们希望用美术家的力量来达到推动精神总动员的目的。第三个目标，我们要在中国这个美术丰富的园地上选拔与培植天才的作家，来肩担起中国文艺复兴的重任。

可是上述三个目标的完成，并不是一年两载可以做到的。关于第一个目标，所谓普及美术教育一点，在中国一般民众对于美术极为漠视的环境中，没有美术馆的教养和美术展览会的流行，使民众注意美术已显不易，若是要进一步渗透美术成分更是极难的企图。这里，我们非得像其他功课一样，在国民教育的基础上就应该建立美术教养的根芽。要指导大家如何去培养美的欣赏情绪与生活谐和的意味。要大家知道：一个可能做到的优美雅洁的生活方式，是生命中必不可少的因素。用美的欣赏来代替酗酒赌博和其他低落暮气的恶习。用超脱情感来代替自私自利与一切中伤他人的暗算。让大家在穿戴衣裼时知道颜色的配合与长短适度的式样。在公共生活、集体行动时有一定的规律、一定的礼貌，我们应该明白，那反映在日常生活中的民众动态，就是一个民族文化教育的重大表征。新生活运动所倡导的"生活艺术化"，也不外这个意思。

在第二个目标中，我们没有忽略美术这样能够掀动人类的心灵，做到人类思想的主宰的东西。在历史上有过无穷尽的例子。凡一切欲达到宗教宣传与战时意识的勃发的目的企图，没有美术的力量是不中用的。中世纪、文艺复兴、唐宋时代、拿破仑时代，都有杰出艺术家来尽过巨大的力量。为什么在我们这次对日全民抗战的今日，不去汇合这个时代的美术家来完成五万万人精神唤起的伟大事业。我们要邀请现在国内的美术家来做深刻的反省与引起民族意识的创作，然后我们再拿这些作品，流动或固定地展览陈列，扩大宣传的效力。

最后第三个目标，是美术人才的养成。这里所谓美术人才含有三种性质：第一种是美术教育师资的养成。包括小学、中学和专科学校，是推广美术教育干部人才训练的一个目前极为切要的工作。我们要把往前中小学当局视图画音乐为不必要的附庸的观念打破。一定要训练出专门人才来负担美术教育工作。第二种是美术家的养成。我们回顾已往中国历史，各时代都有杰出的美术家来充实中国灿烂的文化史页。但是现在比较物资生活更为困难的目前，要像往前士大夫的闭门攻读，一举成名的天才作家是不可得的。在这个生活汹涌的波涛中，从事美术的人，决不能一心一意专攻所好。如果我们希望中国美术的"继往开来"不致中断，我们就必须有力地栽植许多不能靠美术创作为生活的人。在这里，我们需要严格的认识，公正地选出美术人才而尽力栽培一直到他们的成功。同时，以中国之大，我们要随时举办选拔分散在各角落，湮没无闻的美术作家而加以生活及工作上的帮助。第三种是欧美各国都极普遍地设立着的民众美术补习学校。其设立的目的，是要在一般自己不知道自己是具有美术天才的人，和不以美术为职业而且有浓厚的兴趣的一般社会人士，能够从业余补习美术功课的时候，发现自己。使人知道美术这样东西，不但有大众欣赏的可能，而且有使大家成为业余美术家的可能。在这个补习学校中，我们会碰见公务员和工厂的职工，大的小的，男的女的都能利用业余时间，动动笔、作作画来代替平常迷恋赌博等无聊的恶习。美术教育的普遍也许是对人类精神生活的彻底改善。

这就是美术教育的目的。

为艺术作家呼吁
——纪念第三届美术节

在渝作客，帮着快要复员还都的朋友在整理行装的时候，看到许多曾经为主人珍藏爱好的零件杂物，现在因为运输限制的关系，都一一掷诸垃圾，在被遗弃的东西中，我看到若干书报木刻、画刊之类的东西，心中起了无限的感触。因为这些都是艺术家的名作，从原则上讲，艺术作家应该是神圣的、超脱的，艺术作品应该是隽永的、含蓄的，为什么也会被人厌恶，轻于消灭呢？其原因很简单：在如今战后动荡的政局中，我们的艺术家也难免像其他社会人士一样，开始卷在政治漩涡中，作为被利用的工具了。

拿艺术来做政治工具，最显著的为墨索里尼，他把整个未来主义作为意大利法西斯主义御用的艺术。纳粹的领袖希特勒，这个偏狭狂乱的家伙，曾以处置爱因斯坦的原则，把利白曼、苏丁纳·紫特金、毕加索……那许多世界名作，拿犹太亡国民族的罪名，被他拍卖毁弃。——逐出日耳曼国境之后，自己手订纲领，将他认为合乎纳粹主义的意态形式，要纳粹德国艺术家一体遵守。十八世纪古典主义大师达维，虽以希腊主义相标榜，但暗地里却是被醉心罗马帝国，从事疯狂侵略的拿破仑所利用，直到拿破仑失败，他晚年流亡在比利时的时候才对人说："我的创导古典主义是为了当时政治的需要，实际上，我已武断了希腊主义的真意。"苏联在十月革命之际，也曾利用构成主义，作为共产革命的宣传工具。但等到两个五年计划完成之后，为了建国，就转向法国十九世纪时代的作风。现代法国是比较有自由思想的国家。虽然他们的政治斗争复杂而普遍，但他们的艺术传统却不受一切政治的影响。记得在巴黎美术学校的时候，青年画家尽管自发自由地跳舞喝茶，却有一个"画室中不谈政治"的互守不渝的（规矩）。因为艺术是不为利用，超脱一切的东西。一个艺术家，如果要以他的作品来赢得人们的共鸣的时候，就应该具备艺术上必有的"普遍""共通""永久"三个特性。莎士比亚是三百年前的一个英国人，但他的朱丽叶中的女主角，与《西厢记》《红楼梦》的主角同样可以感动一个中国人。

在两魏隋唐以前，中国画家除作宗教的描写之外，大概都无形负着"鉴贤戒愚，兴成教化"的任务。宋元以后，文人画流变所及，艺苑作家自由独创的风气，可以与第一次世界大战后欧洲艺坛相比拟，所以从中国的过去看来，我们还找不出中国艺术为政治利用的迹象。

这次八年抗战，自由职业的各部门中，以艺术作家最无办法。他们因为得不到国家的保障，困于生活的压迫，或加入党派，走上政治活动的行列，或展览买卖，流为商业竞争的俗套，动机很简单，但后果所及，无论用任何言辞都掩饰不掉毁灭中国艺术独立创作的传统精神，这是艺术家要彻底反省的关键，如是妄自菲薄的结果，必使中国文化蒙上一层可怕的色彩。同时我们希望政府与社会人士应该用同情的态度、扶持的诚意稍稍给予一点自由滋长的可能。例如创立一个文化学院——像法兰西学院那样——用国家的经费正式邀请或由选举方法产生知名的哲学、文学、艺术（包括建筑、绘画、雕刻、图案、音乐、戏剧）的作家，政府不但要给予他们个人及其家室富裕的生活条件，让他们毫无顾虑地去创作并且要中国立编译馆、国立美术馆、国家剧院来发展他们的著述。对于这种办法，在目前太重现实利害的中国社会，也许有人会感觉到"养尊处优"，但这样"养尊处优"的情形，人家欧美苏联早已这样做了，他们（之）所以这样做的缘故，是因为文艺作家虽然不受任何使命，却实际上担负了文化建设的责任。中国古史，在孔子时候，已经感到文献的不足，到后来愈弄愈虚空，幸而近五十年来从殷墟，从敦煌，从河南等处次第发掘的宝藏，已把历年的记载，脱节的史实，重行在补充改编。这些证实中国文化历史的先民遗宝，也就是千万年来无名艺术家创制的杰作，到现在为止，世界学者（之）所以能另眼看待中华民族的缘故，还不是为了中国文化灿烂的过去？我们应该行权力来向政府与社会人士呼吁：要他们供给我们一个自由写作的环境。希望这一点点长在原野间的花朵，不要再沾染了政治色彩，使民族的气节得以继续"绵延万世""永恒不绝"的命运。

书

信

致浙江大学校长邵裴子一通（1930年8月）

校长先生：

自（民国）十六年秋，以留法里昂中法大学名义奉派来法之后，原想继续前在杭州工校八九年来的学业，在里昂丝织工业方面作进一层的研究。但当到法之初，语言不通，事实上不得不先习外国语，当时以补习法文半月之余暑，考入里昂国立美术专门学校，如是者一年。至去岁暑，法文程度已能勉强随班听讲，即函请中法大学教务负责人员，俾得准予投考里昂丝织学校。后得复函谓："该校系里昂商会与市政府合办，量材招生，学额限制极严。今名额已满，不能报名。请先生在美专织物图案系习选，待至明年再行设法报名云云。"不得已生只得仍在美专读书。直至今春Pâque之后，因恐再蹈去年不及报名覆辙，提前去函中法大学协会会长，要求代为趁早报名。

不料协会回信又说："纺织学校不在中法大学规定中国学生选习科目之内。此种规外行动，必须得原派教育机关——浙江大学——之旨意方能通融。"然生以为文件往返中国殊费时日，如此转折，势必又误报名机会，曾一再去信与协会申说；无如协会当局（法国人）一再推诿，不得已于四月间赶备公函，并本人与协会会长往返函件，原拟呈请校长，唯当时深恐大学制取消以后，权限不在大学，故直接呈寄浙江教育厅长。至今两三月，丝织学校报名期又经错过，尚无批示。如此一再错失时期，非特与学生学业前途有所妨碍，即浙江公帑亦有所糜费。为此据情报告，尚祈校长转致教厅，早日来函中法协会，准予投考织业学校，俾竟祀志而全学业。不胜盼望之至！

此外两年来关于美术学校功课，本我所好，不敢后人，用将本年成绩报告如下，诸祈谅察！

甲：关于理论方面者

考得美术史证书、艺术解剖第一名奖金、透视学第三名奖金。

乙：关于技巧方面者计得

织物图案系学年考试第一名奖金。

织物图案系平日成绩总平均第一名奖金。

人体班学年考试第一名奖金。

人体班平日成绩总平均第一名奖金。

速写考试第一名奖金。

速写平日成绩总平均第一名奖金。

龚犀（Coute）全校全体同学铅笔速写总考试第一名奖金。

动物速写第一名奖金。

---

① 此信是常书鸿先生求学法国期间，向时任浙江大学校长邵裴子写的一封求助及学业汇报信。1930 年 9 月 9 日，浙江大学将此信转给浙江省教育厅，时任浙江省教育厅厅长的陈布雷于 1930 年 9 月 26 日给浙江大学校长邵裴子回复了一份公函。陈在这份公函中说："省教育厅已经在今年 6 月间收到该生（常书鸿）的来信，当即批准了该生（常书鸿）报考里昂丝织学校的请求，并已将批准文书寄给中法大学上海办事处，请该办事处转送里昂中法大学协会。"考虑到常书鸿还没有获悉自己的报考请求已被批准，陈布雷又在公函中作如下回复：我们"将把情况告诉该生（常书鸿），并将再次与中法大学协会联系"。此后，浙江大学也根据省教育厅回复的公函内容，给常书鸿发了回信，告诉其早已被批准报考里昂丝织学校的消息（这封回信草稿也藏在浙江省档案馆）。由此可知，当年浙江省教育厅并没有耽搁常书鸿的报考请求。由于常书鸿 4 月间寄出的信，省教育厅直到 6 月间才收到，尽管省教育厅当即批准了常书鸿的报考请求，并请中法大学上海办事处将批准文书转送里昂中法大学协会，但这至少又得花费近 2 个月。显然，这年耽搁常书鸿报考的主要原因，是当时的邮路太慢。（原件藏浙江省档案馆）

致胡适书信一通

（1948年2月21日）

适之校长先生勋鉴：

敬启者：查敦煌艺术上起魏晋，下逮宋元，为中国二千年文化结晶。第以远处边域，久经湮没。自光绪廿六年石室藏经发现后，虽渐次为国内外学者所注意，但无保管办法。迨卅年秋监察院于院长巡视西北，参观石窟之后，始提请中央于卅二年设立本所，由教育部聘高一涵先生与书鸿负责筹备成立。其间因漠北生活惨淡，交通阻梗，人力财力俱感困乏之环境中，五载以来，虽极尽绵薄，愧无建树。兹为本所成立五周年纪念之期，拟集合所中同人历年成绩，在国内外作巡回展览，藉以稍尽宣扬敦煌艺术之责。盖过去若干私人临摹敦煌艺术，大体以主观作风为片断之表现。其于介绍敦煌艺术之功能，实至浅鲜。本所同人鉴于此种现象之兆，是故平日互相箴戒，务必以忠诚之态度，作比较详尽、克实、有系统之临摹。例如历代图案集、历代舟车集、历代山水集，均以一定大小之纸张，在各种壁画中收取资料，缩临而成。一旦同时陈列，即可窥见各朝各代作风蜕变之阶段，实为研究中国艺术之宝贵资料。今拟集纳五年来全部作品一千八百余件（另附展览品目录），呈请教育部拨给展览经费，作国内外巡回展览，并拟藉展览门票之收入，以百分之五十作为补修敦煌石室之用，以百分之五十作充实研究设备之用。

素稔台端提倡中国文化事业不遗余力，对于敦煌艺术亦至关切。用敢不揣冒昧，恳请鼎力向有关当局进言襄助，俾有所成，不胜感祷，耑此布臆。

顺颂
勋绥

后学常书鸿谨启，二月廿一日

致甘肃人民出版社一通

（1957年9月13日）

甘肃人民出版社：

《敦煌莫高窟》[①]原稿已校过，改正。除文字方面已作修正外，还有下述意见希考虑采纳：

（1）封面"敦煌莫高窟"题字改用飞天飘带红色，所谓红地套色。

（2）扉页中间三兔图案取消。

（3）图版4请照新照底版改做。

[①]《敦煌莫高窟》一书，由甘肃人民出版社出版于1957年11月，此信是该书出版之前常书鸿写给出版社负责人的。该书虽署名"敦煌文物研究所编"，但事实上是常书鸿先生具体负责主持完成，书中的"敦煌莫高窟介绍"和"图片说明"还由他本人执笔。这本书体现了常书鸿对敦煌研究的理念、观点和方法，而它的价值在出版史上往往被忽略。（原件藏甘肃省档案馆）

（4）图版7请考虑照附图制长条幅。

（5）图23、24请考虑照附底片重制版。标图23改为《张议潮收复河西图》，24改为《宋国夫人出行图》。

（6）书出版时本所订1000册，包括稿费部分，全以书本代替。

（7）请尽速出版，因最近（十一月以后）我们有赴日展览任务，如能赶出，可以携带一部分出国。

匆此
即致敬礼。

常书鸿
1957年9月13日

致许杰一通（1977年11月4日）

许杰老哥：因为在报上看到了日本人讲到我的事，最新接到许多新老朋友的来信。有些是我在杭州工业学校的学生，有些是老朋友，他们都是热情地表示虽然不认识我，很久很久没通讯了……但是没有像你十月廿五日来信这样使我青年时代的记忆像莲花池里的春水那样浮上心头。我很奇怪，当我最近感到记忆力在很快地收缩的时候，还清楚地仿佛听到王以仁介绍许杰的情况……那已是五十多年前的事了。（现在我是七十四岁）是多么清楚多么令我向往的过去呀！至于王以仁失踪的事我还仿佛记得，但我是在1927年7月出国的。他是否自杀我记不得了，你给他出专集等我也没有看见。我是1936年回国的，回国是因为在法国巴黎看见伯希和自敦煌盗回去的文物而大惊！……但当我看到伯希和自敦煌盗去的东西这样早、这样好，使我惭愧！我就像一个败子回头的人一样急于想看看敦煌壁画。但这个愿望到1943年才实现。当我到达敦煌，果然，发现这是一个世界上的宝库，我决心献身在那里。至今已三十五年了，其中经过艰苦的斗争，尤其是在英明领袖华主席一举粉碎"四人帮"之后，我受到组织上的爱护，使我得到第二次的解放，我现在身体还不坏，现在正待重整旧山河，鞠躬尽瘁，再做一点能做的工作。感谢你给远方一个不认识的没有见过面的朋友来信。祝你健康长寿！

　　我比较多的时间住在兰州，有时去敦煌。

　　…………

常书鸿

1977年11月4日

致徐迟一通（1978年9月15日）

徐迟同志：

接你自乌鲁木齐返京后的信，知道你答应为《敦煌艺术》电影说明辞帮忙，这是我们所最快慰的。因为你的《祁连山下》使我有机会上"祁连"出"祁连"飞"祁连"，这是我生命上最有意义的历程，是你，亲爱的诗人！使我有机会回顾和咀嚼人的意义！历史的现实！让我们有一天能跨上红鬃马并驾在"戈壁滩"上，追踩蜃楼的霞光，那有若无是若非的宿世的迷宫。

关山月正在兰州，但我因这里的工作无法脱身，恨恨恨。

祝 健康快乐

常书鸿
一九七八年九月十五日
承仙嘱常常问候，并告：她的组织和工作都平反了。

致张大千一通（1980年）

大千道兄赐鉴：敦煌告别，已匆匆卅七年矣！十年动乱，人事沧桑！回首当年，不胜依依怀旧之情！敦煌工作，幸赖周总理关怀，自六三年至六六年，四年兴修，得以全面维修。从兹南北上下，桥梁栈道，畅行无阻，参观巡礼，较为安全矣。但科学研究工作，迄未能开展，卅余年碌碌过去，尸位素餐，实无颜愧对故旧矣！

老兄忠于绘事，老而弥笃，闻之深为欣慰！祖国艺坛，自齐璜、抱石先后作古，后继无人。前年在台湾日报看到黄君璧寿辰与你的彩色照片，看到你长须美髯，气像（象）万千，故友无恙，不胜欣慰！

回忆当年，在榆林窟之争，历历在目。今不幸向公已先我们作古，泉下有知，不知作何感想矣！

昨天亚夫（雅弗）弟自西北来京，知有美利坚之行，父子团聚。三十余年，久别之后，闻之不胜雀跃！用托带此信，希以大陆艺坛事业为重，早日专返，领导中华艺苑以及敦煌艺术研究和保护工作的深入发展为幸！承仙仍与我共同在敦煌工作，唯岳父母已于五七年、六三年先后病故。知注并闻，耑此悔意。敬颂 福寿！

小弟常书鸿、李承仙同敬上[①]

另附拙作《敦煌的艺术》一册，敦煌彩塑、敦煌画片五套，请批评指正。又及。

---

① 此信由常嘉皋、黄征整理。

致许杰一通

许杰同志：

安暮，接到您的手书，提到王以仁的旧事，他是我在浙大遇到的典型的文士朋友……当时我和王以仁过从较密，但从他口中提到你时，有一点尊敬感佩的思想！我作为初初走上文艺行列的青年，对您是非常佩服的。所以然，也由于以仁时常提起您的为人和创作，这就是使我从工艺转向文艺的一个变化！我对于这个变化，是我有生中一个很好的插曲。尽管自我离开浙大从1927年到今朝1983年已经过了57年岁月，但我觉得这个插曲没有什么不好。因为我起意要离开西子湖畔美丽的故乡，是发生在我和工校喜欢画画的同学，那天在西子湖畔，亲眼看一群野蛮的刽子手在杭州延龄路大马路上公开用大刀屠杀了一个我们西湖画会年轻的会员……从而使我失去了对国民党的信心。

……但我没有忘记这个一度曾熏陶我知道一点文艺创作上的作家，尤其是以仁那样热情——一往情深甚至有点伤感的意识，使我同情！……我有一次画了一张《人比黄花瘦》的油画，曾经得到以仁的赞赏后，恐怕也就是以仁正在写《落花曲》时候的光景。但我想到他总有一个失踪的思想，不知是何下落？是否从此你再也未见过他吗？

……

对我们来说，现在都已是八十多岁的老汉了，让我们在漫长的记忆中，再聆听一次以仁的《落花曲》吧……

祝您健康长寿！

常书鸿
1983年12月2日

演讲

在潘天寿书画展座谈会上的发言

我和潘先生认识是在三十年代初。我当时在浙江工业学校染织系毕业后任助教，和机械系的同学，毕业后也一同留校任助教的胡兆虎同住，他与潘先生是同乡。是时潘先生在上海美专任教。他每年寒暑假来杭州总要来会见胡兆虎，我在胡的介绍下认识了潘先生，并知潘先生二十几岁就写了一本《中国绘画史》。我对潘先生有好感，对他写的书也很重视。我那时对艺术一窍不通，他的书给了我美术史方面一些启蒙的知识。但因为我们见面总是来去匆匆，所以接触并不多，但这却让我喜欢国画、开始画国画，因之我常和他谈到绘画上的一些技术和常识问题。但我后来逐渐喜欢画油画。为了深造，我于1927年夏去法国勤工俭学，在法国学画十多年。因为在法国看到伯希和编印的《敦煌目录》，觉得敦煌早期的画，比我去法国学到的罗马、希腊、文艺复兴时期的壁画还要高明，又看到当时国内报纸上传说：敦煌石窟文物因没有人保管，任人破坏。所以我决计回国到敦煌去保护和学习。我于1936年回到北京。当人们知道我要去敦煌旅行，不少人提供了西北马家匪帮穷凶极恶骇人听闻的传说。那时国民党伪教育部劝我暂时在北平艺专工作几年再说，北平艺专学生也到我住处来要求我教他们油画。那批青年纯厚的诚心，使我感动。我就先在学校工作，想等一两年后再去敦煌。不料1937年卢沟桥事变发生，又不得不改变计划，不但不能去敦煌，而且要往西南走。我又与潘先生遇上了。当时北平、杭州两个艺专合并后，国画家很少，洋画家占多数。在讨论教学时，多数主张无论洋画、国画都应该以素描写生为主。潘先生不同意，说国画虽要写生，但那是一个过程，重要的是写意，用水墨来写意。我当时刚从法国回来，对写生很厌烦，我很同意他的主张。

抗日战争时，在湖南沅陵和云南与潘先生接触更多了，越来越感到他的艺术成就和他的人格都很高。自古说："文人相轻。"但是潘先生是文人相亲。他和吴茀之、张振铎两个是好朋友，尽管他们三个人画法不一样，但是当时他们是形影不离，相处得很好。直到最后，吴茀之先生和他一直感情很深。

我觉得潘先生的画是"以巧比愚"。表面好像很笨拙，其实那正是出之于他功底深厚，学识渊博，艺术修养高，表现方法多样。他用线很生动。一朵花、一根草，在大石头前做文章，互相对比起来，草很遒劲，石头很有分量。气魄是很大的。他的画，很大的幅面也不感到空。一块大石头，加上一点花，一只蝴蝶，一只蜻蜓，就可以成为一个很好的构图。他的创作在这方面的成就对我们今天搞国画的有很大的启发。我以前没有看到他画的大幅画，这次才看到，画上虽有那么多空白，但整个结构充满着生气。在这方面，我是门外汉，这里不多讲了。

潘先生的巨幅画很多很精，我联想到现在有些展览对作品的大小加以限制，总觉得不以为然。当然，小画也不一定是坏的，但是有的画，比如潘先生的画，就非得这样大不可，这样大才有气魄。

附录

尘封不住的回忆——重读父亲的画作（常沙娜）

100 年对敦煌的历史来说是短暂的，而对父亲常书鸿在敦煌的 50 年人生，是凝重而珍贵的。

在国家文物局及甘肃省文物局的关怀主持下，在敦煌研究院建院 60 周年暨常书鸿华诞 100 周年之时举办纪念活动，这既是对前辈们业绩的回顾和宣传，也是对敦煌学术和保护的一次研讨和瞻望。

借此，除了设立研究院前身的研究历史资料陈列室外，还要在旧址的"皇庆寺"（中寺），恢复常书鸿当年的故居及原敦煌艺术研究所的旧址，开辟常书鸿绘画作品陈列室，出版《常书鸿画集》《常书鸿文集》等，筹备计划周到而情深。

作为常书鸿的女儿，我早年也曾随父亲在敦煌经历了难忘的少年时代，对敦煌有深厚的情结，是敦煌的风土培育了我做人应有的淳厚，是敦煌的艺术给予了我学习传统艺术的功底。

此次纪念活动又引发了我对那段往事的无限回忆，并对敦煌研究院为纪念活动所做的安排深为感激，我深知这是为了父亲在敦煌未竟事业的传承，是对历史延续的纪念，是对敦煌国宝之光弘扬光大的激励和促进。

新编出版的《常书鸿画集》，容纳了父亲三百多幅绘画作品（油画、水粉、素描、速写）及在敦煌时期的壁画摹本。虽然这还不是父亲画作的全部，却是经过敦煌研究院、浙江省博物馆、中国美术馆等多方的努力，才汇集到现在的规模。

通过这部新编的《常书鸿画集》，能较全面地看到父亲的绘画成就，它凝聚了父亲一生对艺术道路的探索和追求，也反映了他在各个时期艺术风格的形成和变化，是父亲在各个历史阶段的心灵表露和对生活的记录。同时，还能透过收集到的不同时期的各类文章，再现父亲当时勤奋好学、对中西文化的深入研究以及他那种博览古今、终生不渝的精神，愈发认识到自己的父亲，是那样具有 20 世纪 30 年代留学法国青年画家所特有的热情奔放的气质和善待本民族文化艺术的自尊和气魄，是一位可亲可敬的父亲。随着时代的发展和年龄的增长，我愈加深感其分量，不免后悔当时没有更主动地听从他的教诲。但是，父亲的敬业和为人的品格，一生都在影响着我的为人及人生观。父亲的影响是潜移默化的，

常书鸿与女儿常沙娜探讨画作（常沙娜供图）

是深刻而崇高的。

要把父亲生前的绘画作品无偿捐给家乡——杭州，其间有着一段圆父亲梦的故事。

父亲是浙江杭州人，终生乡音不改，他虽在西北四十多年，仍操着浓重的杭州口音。

1982年，父亲有机会返回杭州，参加他的母校——浙江大学85周年的校庆活动，并为母校创作了晚年最后一幅大画《攀登珠峰》。当时他在杭州重温了青少年时代的旧情和旧景，感慨不已，恋乡的思绪令他产生了要将尚存的毕生作品捐赠给家乡的念头。他对家乡人和家人说："我少年离乡，老大未归，大半辈子在异地他乡的大西北，我要让我的'画儿'（杭州语）归回家乡杭州……"当即与浙江大学原校长路甬祥同志商定，要在浙大筹建"常书鸿美术馆"。后因资金筹措等原因，直到1994年父亲去世也未能实现此愿望。但这始终成为我们家属不能忘记的遗愿。

1998年九届全国人大召开时，我作为全国人大常委会委员参会，属浙江省人大代表团。1999年3月，在参加九届全国人大二次会议时，我得机会直接向浙江代表团团长、浙江省省长柴松岳同志谈及此事，重申要按父亲的遗愿，将他的作品无偿地全部捐赠给家乡，此举也得到浙江省博物馆原馆长、九届人大常委会委员毛昭晰同志的大力支持，并建议立即在浙江省博物馆内设立"常书鸿美术馆"。此倡议得到柴省长的重视，高度赞扬了父亲对家乡的这份情怀和气度，同时也赞扬了家属，当即通知省文化厅、文物局、博物馆负责人专程来京商定落实此事，确定了当年即在省博物馆内设立永久性的"常书鸿美术馆"珍藏其二百余幅绘画作品。经过半年的准备和装修设计，选择了面向西湖的原杭州艺专旧址的楼馆，就在当年的11月，即浙江省博物馆建馆70周年纪念时，柴省长亲临现场，参加了常书鸿作品捐赠仪式及"常书鸿美术馆"开馆的隆重庆典。从此，父亲遗存下来的大部分作品，终于有了很好的归宿，得到了应有的重视和保护，就此也圆了父亲生前的夙愿。

父亲生前，更多的人知晓他是敦煌的"守护神"、敦煌学者，他也称自己是"敦煌的痴人"，是大半辈子都奉献给了敦煌的人。但是，他早年留学法国，在绘画艺术上的成就，并没有得到美术界应有的关注和重视。

1927年父亲留学法国，先后在里昂美术专科学校及巴黎高等美术学院学习，在近10年的绘画学习创作中，多次获得金、银质奖，成绩卓越。1936年，父亲回国后就任北平艺专教授。1937年，全面抗战爆发后，学校走上了颠沛流离、频繁迁徙之路，父亲带着我们随着艺专先后迁至湖南沅陵、云南昆明、重庆等地，此间他主要从事美术教育工作。在动荡的岁月里，以至他破釜沉舟去了敦煌以后，历经了更为艰苦的年代，父亲都没有放下过画笔，他以作画的形式来抒发内心的感受，留下了无言但是有形的画作。

本画集汇编的数百幅大小不等的油画、水粉、素描、速写等作品，按年代可分为四个时期，即：

第一个时期：1927—1936 年，留学法国；

第二个时期：1936—1942 年，回国后在北平、昆明、重庆；

第三个时期：1943—1975 年，在敦煌、兰州；

第四个时期：1976—1993 年，在敦煌、兰州、北京。

父亲在法国里昂最早的一幅肖像创作《乡愁曲》，是 1931 年他在里昂美术专科学校窦古特教授油画班创作的第一幅肖像画，那是以我母亲为模特穿着中国装的少妇，面带着愁容，以竹笛吹奏着思乡愁曲，倾诉着祖国发生"九一八"事变后，那忧心如焚的思乡愁情。据父亲回忆，这幅画从内容到形式都获得了窦古特老师的鼓励和赞扬，认为是一幅具有中国风格和时代意义的作品，被推荐参加了里昂的沙龙，获得了优秀画的奖状。

1933 年，父亲从里昂美术专科学校毕业后，又考入了巴黎高等美术学院。从此在巴黎安下了温馨的家。正如父亲所描述的那样："来到巴黎后，已不像初来时那样孤独了，身边有了从国内来的妻子陈芝秀和在里昂出生的女儿沙娜……"在这种充满幸福感的心情和环境下，1934 年父亲创作了《画家家庭》，他那讲究的色调及细微的表现手法，真切地描绘了静谧祥和的家庭气氛。画中突出了母亲穿着中式服装的东方妇女形象，也表现了青年画家在法国学习生活，踌躇满志的神态。此画在巴黎的春季沙龙获得了银牌奖，如今也成为父亲那个时期存留下来的珍贵代表作。

父亲在法国留学近 10 个年头，其间画了不计其数的习作和创作，作为常书鸿第一个时期的作品，经历了半个多世纪战乱中的辗转及人为的散失后，至今尚能见到原作和已出版发表的有 24 幅，其中收藏在浙江省博物馆"常书鸿美术馆" 16 幅，家人收藏 8 幅。

法国时期的部分作品能遗存至今，其间有着一段传奇般的故事。根据父亲在《九十春秋》第三章第一段的回忆："1937 年回国后在北平时，随身带着法国时期的 50 幅作品，是我亲自精心挑选出来的法国留学 10 年的精华。"那是我母亲在我们回国之前（我与母亲 1937 年回国）事先装箱专程给父亲运回北平的，"七七"事变后，父亲又亲自把这批视为生命的 50 幅油画携带到南京。在抗日战争动乱的局势下，一个很偶然的机会，父亲无奈而贸然地将这些画作寄存在当年的德国驻华大使陶德曼先生处，从此这批画如泥牛入海，再也没有了消息。

事隔 14 年后的 1951 年，新中国成立后，父亲作为敦煌文物研究所所长在北京故宫午门城楼上举办"敦煌文物展览"时，外交部组织了接待外国使节的专场，瑞士驻华使馆的公使阿马斯顿先生惊喜地发现了常书鸿的名字，经联系居然奇迹般地把当年存放在德国使馆的 50 幅留学法国时期的绘画精品，如数地、完整无损地归还到父亲的手中，意外地令父亲"感动得热泪盈眶"。他在《九十春秋》第三章中详细动情地描述了这段神奇的故事。看来，这是天意把这批记载着父亲当年风华正茂在法国留学的作品，失而复得地保存下来，使其艺术的脉络与生命随着时代的变迁而延续着，成为一段艺术的传奇，这段历史又经半个世纪的沧桑后，如"文物"般地被隐埋匿藏，现在，能见到的原作仅是当年的一半，所幸的是连同其他部分画作，大都已归博物馆收藏。作为不可再生的艺术瑰宝，得到了精心的保护，能为世人观看，世代相传。

父亲创作的第二个时期，即 1936—1942 年，是父亲回国后，从北平辗转西南各地，是在动荡的抗日战争时期。

1936 年，阔别祖国近 10 年的父亲，初到北平后，在陌生而又亲切的新环境里，激发他创作的第一幅作品就是《街头幼女》，父亲把久违的景象：穿着棉袄模样，披着乌黑头发，手抚柳筐，天真的北平小姑娘作为画像，北平冬季街头为背景，平房、马车……父亲以他熟练和细腻的笔法，融以面部的线条，突出了北方小姑娘闪烁着纯朴无邪的眼神和面孔，画面上深浅棕色调及浅灰蓝色，深浅反差的色调，勾画出一种寂寞的宁静。《街头幼女》是一幅感情与客观，人与景融合的作品，是绘画技巧民族化和装饰化的尝试。应该说这幅画是父亲这个时期的代表作。但遗憾的是，这幅代表作未能如愿地归藏到家乡的"常书鸿美术馆"内。令人意外地于 2003 年在拍卖会上露面而卖出，从此"幼女"流落何方？留下的只有照片和悬念，一个难解的谜。作为女儿也深感愧疚。

1939 年初，父亲带着全家随艺专迁至贵阳后，遭到日军空袭的

"二四"大轰炸，我与母亲从废墟中死里逃生，父亲因外出而幸免，但家中的全部财物（母亲费尽心思从巴黎带回来安家的用品）和书画都化为灰烬。遭此大难后，父亲为了负责战火中艺专搬迁的各项事务，来不及顾及家中的遭遇，把受到惊吓的我和母亲送到当地法国天主教会暂时躲避，稍事喘息后，父亲带着我们再度与艺专迁往昆明。在逃难的日子里，父亲依然没有搁置他的画笔，重置了一套新的画具后，在那变化万千的局势下，坚强地应景应物地继续以画来平衡画家烦乱的心情。那个时期留下的具有代表性的作品有静物《平地一声雷》（现藏中国美术馆）、画像《沙娜》（现藏浙江省博物馆——常书鸿美术馆）。静物《平地一声雷》是对朱顶红和仙人掌两盆花的描绘，抒发了对寻回和平生活的期盼。但为何取名为"平地一声雷"？用红砖墙和窗台、窗帘为背景，是父亲那个时代常用的陪衬，也是留法时惯用的背景，透过这些景物，可能是对留法期间那段往事的留恋和回忆吧。

《沙娜》则以安详的画面成为在贵阳遭轰炸后为女儿留下的纪念。为了安慰因轰炸受到惊吓的我，父亲让母亲专门为我做了新衣裳，并画了一幅穿上新衣裳、新凉鞋、白袜子的《沙娜》，我坐在藤椅上，手中抱着庞薰琹的夫人（丘堤）制作并送我的布娃娃（《平地一声雷》摆的也是同一个娃娃）。画中营造了一个安详的装饰性的儿童房间，父亲一边画还一边给我讲了不少童话故事，通过创作和女儿对话，为女儿幼小的心灵消除战争带来的阴影。慈祥的父亲此刻也不忘在画中想象出那木马玩具；那卡通式的"象群"装饰画；带着小房屋图案的壁纸……是一幅幻想中的、法国式的儿童乐园。

这个时期值得一提还有另一幅《妇女像》。《妇女像》画的还是我母亲陈芝秀，画得非常像，一副恬静的神态，改变了母亲被轰炸后受到刺激的呆滞和惊恐的样子。母亲受惊后带着我去了法国天主教会学校，受到法国修女的照料和安慰，从此，她就成了非常虔诚的天主教徒。信仰天主教成为她寻求未来的精神寄托，由此对现实变得异常的镇定自若。画中也描绘出母亲那种异常平静，对现实不屑一顾的样子。背景隐约挂着"耶稣像"，表示了她的信仰，瓶中和手中都插着超凡的小野白菊，母亲身穿新做的丝织旗袍，似乎恢复了当年在巴黎的时髦。通过这幅画反映了画家父亲对母亲的变化和信仰，是能够理解和宽容的。对当时生活上的矛盾和冲突，是以正面和理想化的手笔来处理的，在绘画的表现形式和风格上都在不断地追求完美，也趋于成熟而得心应手了。

我还注意到父亲不论是画人物肖像还是画静物，都很注重对衣着或静物衬布，包括室内织物上装饰图案的描绘，有花卉或几何纹的装饰形式，说明父亲在法国里昂时，学习过染织图案设计，如果专门收集的话，也能整理出当年父亲的染织图案设计呢！

1940 年，父亲带着我们迁往重庆，在沙坪坝附近的磁器口凤凰山顶上的一幢房屋内重新安了家，同住在一起的有父亲留法时期的老同学王临乙、王合内夫妇，吕斯百、马光璇夫妇，秦宣夫、李家珍夫妇，我们四家共住在同一屋檐下。艺术家们相聚并住在一起，营造了那个时期非常难得的艺术氛围，尽管日子都很艰难，但艺术家们当时为了艺术生命的继续和坚定信心，共同开辟了一个简易的共用画室，相互关心、鼓励着。父辈们那种对艺术生命的珍惜和意志以及彼此间的友情，从小就给我留下了很深的印象。

父亲这个时期的代表作有：《四川农民》、《铜盔》（已赠中国对外友协）、《芍药》（不知何处）、《荔枝》（不知何处）。另外，还画了一些反映抗日战争主题的创作：《是谁烧毁了我们的》《壮丁行》《前线归来》《孙中山》等，遗憾的是这些作品早已不知去向，自然也无法编入画集中。

《四川农民》描绘了当地朴实强壮的农民，头包白巾，手执特有的旱烟袋，侧面凝视着前方，若有所思的神态，墙上悬挂着当地民间的小油灯作陪衬。父亲用娴熟的笔触描出了那破旧棉袄的质感，以真切的感情表现了抗日战争时期大后方的老百姓形象。

静物《荔枝》，展现了当地特产的荔枝，以及四川著名的荣昌陶罐的特征，土陶的颜色及刻花画得熟练生动，紫色绸为衬托，此画呈现出与在法国时期所绘静物完全不同的色调和画风。另一幅静物《野鸡》，由于画面的左上角注有"XII 莫高窟"字样，被编入第三个时期，在敦煌时所画。但根据画面的分析，我认为此画应是在重庆所作，画面上的"野鸡"应为"锦鸡"，因为此禽类在敦煌是没有的，何况以红砖墙作背景也仅是在昆明、重庆时期所用，白菜和洋葱在那个年代的敦煌也是罕见的。为何画的左上角注有莫高窟字样？给我们留下些猜测。

《重庆凤凰山即景》，真实地描绘了当年一批留学法国的艺术家们，住在同一屋檐下的生活写照，画面并不大，是1942年随笔而就的即景，当年的生活被生动地描绘了下来。画面上那小瓦房是当年四家共用的厨房；背着喂鸡梳小辫的女孩恰好是我；弯着腰穿红上衣的王临乙夫人——王合内（法国人，我的干妈）正在喂养兔子；站立一旁抱着小孩观看喂兔的妇女，是我母亲陈芝秀，抱着刚一岁的弟弟嘉陵；迎面走过来身穿白旗袍的是秦宣夫伯伯的夫人李家珍伯母，手牵着戴小红帽的小孩是宁生妹妹，台阶上守着的狗是干妈的宠物——名为"LOLY"的狼狗。父亲以对生活热情、乐观的态度，画下了当年艺术家们的陈年往事。

事隔60年后的2002年春，我得机会去重庆，带着怀旧的特殊心情，专程重返凤凰山。印象中的凤凰山早已时过境迁，当年的亲人们都已故去，不免感到凄惘。昔日供四家居住的房屋已不复存在，但还留下了当年地基的石座，上面杂草丛生，等待着开发重建。唯有当年共用的厨房，成了居民住家的老房子。半山腰我当年上小学的破庙连痕迹也不复存在了……眺望山头对岸曾是悬挂红、绿灯笼告示人们警报或解除警报的标志，也已无踪，但是当年警报中各家父母带着孩子躲防空洞的情景，不由地又浮现在眼前。一代人都已作古，半个多世纪的历史篇章已翻过去，所剩的只是朦胧的回忆和怀念。这幅含着深情回忆的《重庆凤凰山即景》，既成了父亲当年的遗作，又成了珍贵的历史记载。

父亲创作的第三个时期，即1943—1975年。父亲在重庆把家安顿下来不久，开始有了正常的家庭生活以后，为了实现当年在巴黎首次看到《敦煌石窟图录》时所许下的愿望，又开始在心中"折腾"，最后决心"破釜沉舟"西行去敦煌，从此开始迎接比战争逃难更为艰难的挑战。自他"苦行僧"般地致礼莫高窟后，坚定了其西出阳关的决心；发誓不管任何艰难险阻要与敦煌艺术终生相伴，父亲是这样决定的，最终也是这样做的。

1943年冬季，父亲毅然把母亲和我及幼小的弟弟，从重庆接到敦煌莫高窟，离开了相聚在重庆的亲朋好友，离开了刚筑好的"小巢"，也远离了母亲精神所寄托的天主教会……这对全家和父亲来说需要付出多大的勇气和牺牲啊！面对如此难以想象的内外困境和阻力，父亲以乐观坚定的信心，坦然面对一切，正如他的格言："人生是战斗的连接，每当一个困难被克服，另一个困难便会出现……"其间父亲仍不间断地用他的画笔浸入了对敦煌艺术的崇拜。他被戈壁滩上莫高窟奇异的景物所倾倒，对莫高窟的一窟一木产生了强烈的眷恋。除了对洞窟内蕴藏的一千多年历史的壁画顶礼膜拜外，父亲那时的画作不论是静物、风景或人物，都融入了与过去不同的情调和感受，既有当时内心的倾诉，也有艺术上的寄托和自慰。记得父亲除了穿梭于数百个洞窟的调查和记录工作外，还要考虑研究所"大家庭"的衣食住行等生活烦杂事务，尽管这样，他还忙中偷闲不忘作画。经常突发性地拿出画箱画架，出手迅速地画着他感受到的景或物，如象征着莫高窟的九层楼，在不同季节，以不同角度、不同的感受和心情去描绘，体验着蕴藏了敦煌千年遗迹的艺术殿堂。不论是哪个角落，凡能够触及画意的，他都不放过。但也经常因时间不够，或被其他工作所打断，而留下了不少"未完成"的作品。

《莫高窟冰河上饮牧牛》，是 1943 年冬季我们全家千辛万苦到了莫高窟刚安顿下来后画的，这幅是莫高窟大泉河上"天河一色"的冬景，是父亲在巴黎、在西南的昆明和重庆从未见到过的景色，这幅作品是父亲落户莫高窟后的第一幅作品。

《临摹工作的开始》画的是少女时代的我和陈延儒先生的新娘（才 18 岁的敦煌姑娘），从我穿着的母亲给我织的毛衣和头上插的马兰花来看，这是 1944 年春天画的。这幅画以石绿色调的"经变"壁画为背景，用笔潇洒自如，着笔在人物的面部，把古代壁画与少女们潜在的青春活力融为一体，表达了画家对敦煌事业的未来充满了坚定的信心与活力。这幅画起名为《临摹工作的开始》，象征了它深刻的含义，是父亲在 1944 年，满怀热情地开始全身心地投向敦煌事业，开展工作的代表作。

《敦煌农民》，是一幅具有浓郁的西北风味的人物肖像代表作。头戴钩织的小白帽、穿着土布棉袄，面颊红润的年轻农民，以棕色的眼眸凝视着前方，双拳握在双膝上，是西北老乡习惯坐炕沿的坐姿，这是典型的憨厚朴实回族青年模样。画家还采用了耕作及三危山远景作背景，改变过去习惯用室内环境为背景的作法，自然增添了西北的风土人情。此时父亲的画风再次"脱俗"于巴黎沙龙时代的影响，民族和生活的洗礼，形成了他这个阶段在诸方面更为成熟的创作。值得一提的是，这个时期由于保护、研究事业千头万绪，在日理万机的形势下，更由于油画材料的匮乏，除了油画作品外，父亲开始使用便捷的水粉作画，水粉画篇幅小，能简易而快捷地留下他对莫高窟的各种感觉。如本集水粉编的《古汉桥》《莫高窟一隅》《莫高窟马厩》《莫高窟后院》等画幅，在用色、用笔的效果上更为灵活自然，成为父亲在莫高窟特有的"造型日记"。现在尚存并收入画集的十几幅，是在这个时期留下来的，具有特殊的纪念意义。

父亲的素描、速写存留下来的多数都集中在 1946 年至 1947 年时期。由于敦煌的冬季寒冷，无法在洞窟内工作，父亲便充分利用了这个时机，晚上把大家聚集在一起，请来一些当地的老乡当模特，组织大家画素描、速写，训练造型的基本功。我最初的素描基础就是在这样的环境下打下的。1947 年父亲利用冬季，深入哈萨克民族地区体验生活，在蒙古包内画了不少的哈萨克牧民生活速写。留下的油画创作《在蒙古包中》，就是在这个时候创作，最后又经过局部的修改完成的。

1948 年，由于家庭和环境的变故，我离开了曾经为我奠定了传统艺术基础，并留下了我少年时代美好回忆的敦煌；离开了我幼时给过我幸福，在成长的困难中又给过我磨砺的家；离开了慈祥而严厉的父亲，以及放心不下的小弟弟。从此按着父亲的期望，在大千世界中，去学会独立地成长。

父亲在第三个时期的后期（20 世纪 70 年代后），随着经历和环境及年龄的变化，他的作品从题材到形式都发生着变化。他在兰州时期画得更多的是静物，静物中尤其擅长画鱼，那娴熟的画笔把鱼和玻璃、陶质器皿的质感画得活灵活现。我曾向父亲开玩笑地说："您作为浙江人，把在敦煌多年吃不上的鱼都在画面上补上了！"

在创作的第四个时期（1976—1993 年），父亲作画用色开始以过去所不常用的翠绿与中黄为主。"文革"后，他重新拿起画笔，画了多幅主题性的《刘家峡水库小稿》，用笔奔放，不拘一格，其中也用起调色刀来刮色，似乎在放肆宣泄"文革"中多年不曾作画的能量。

20 世纪 80 年代，回到北京和江南家乡，以及出访日本时所画的作品，用笔不拘形式，随心所欲，用色对比鲜明。作画的环境也不能再像过去那样自由自在地摆开阵势画了，难免受到时间和精力的限制，包括前呼后拥的照顾和干扰，所以那时的作品，多半都是速写式的或未完成的"即兴画"。至于父亲晚年完成的最后一幅大作——《攀登珠峰》，除了创意的几幅小稿以外，画作分别赠送给浙江大学及中国科学院、日本创价学会会长池田大作先生。这些大幅画，都是在父亲亲自指导下反复修改完成，还靠继母李承仙及一些年轻画家协助完成的。包括他最后为日本奈良法隆寺创作的《丝绸之路飞天》以及《敦煌千年和飞天》，也是在父亲的指导下，由李承仙执笔完成的，类似以敦煌唐代飞天壁画再创作的重彩画。

还值得一提的是，1971年父亲从"文革"获得解放后，他如释重负地精心画了一幅题为《梅花欢喜漫天雪》的油画，这是一幅具有装饰性的毛主席画像。这是父亲晚年画的最后一幅最完整的肖像画，有着很特殊的历史意义。此画不知现存何处，留下来的又是一个遗憾！

父亲1989年因病住进协和医院，在医院里画了一幅《从协和医院病房眺望》的窗前风景画。1992年的《水仙与蓝色花瓶》，代表了父亲晚年的艺术个性，虽然也是一幅未完成的作品，但那苍劲有力的笔触，蕴含着一生的功力，准确的构图章法及透亮的色调，似乎要把他对艺术与人生的感悟统统融在瞬间的构思画面上。

1994年，父亲走完了他90岁人生的最后历程。他的一生除了被誉为"敦煌守护神"，他在美术教育、中外美术研究、敦煌艺术研究等领域，包括他的人生观、价值观、精神品格，都值得我们怀念和崇敬。

作为画家，他还给我们留下了半个多世纪以来创作的三百余幅大小不等的作品。虽然这不是父亲画作的全部，但在这本画集里，较全面地展现了他在各个时期的作品和才能。正值父亲100周年华诞，由他魂牵梦萦的敦煌研究院专门新编出版的画集，是对他最好的纪念。

"魂系敦煌"的老爸，你离开我们已整整10年。这10年间你所创立的敦煌研究院取得了很大的成绩，事业得到继承发展，其保护和研究成果更为国家和世界所注目。当年的莫高窟中寺（皇庆寺）和上寺都已修整如初。中寺后院的北屋——我们当年的居室已被作为"常书鸿故居"，当年的土炕床和你发明的镶在墙内的书架、墙角的三角板灯架，当年的书桌等都恢复了原状，还配上了类似当年的炕围子、窗帘。原来的东房陈列室已辟为"常书鸿美术陈列室"；你所珍爱的梨树已显苍老，但依然守护着故居，前院的"两株栽于清代的老榆树"依然荫庇着当年初建的敦煌艺术研究所的办公室；你那南边的办公室尚在，当年的物品已难寻找，显得有些空荡凄苦。但是回到这个重修的"中寺"，身临其境似乎又重见了你的音容笑貌和那已远去的历史。

亲爱的父亲安息吧！你的精神至今仍伴着九层楼的铁马（风铃），叮当不息地在你至爱的莫高窟上空回荡，你的艺术生命将长年与窟群中的飞天翱翔天空，敦煌事业将世代相传，永驻人间。

思念你的女儿
沙娜
2004年3月26日 于北京
（本文原收录于敦煌研究院编《常书鸿画集》中，转载时略有删改）

出版后记

汇聚名家名作、传承人文思想是湖南文艺出版社的传统。2017年，闻悉常书鸿先生毕生著作正在整理当中，经陈志明先生引荐，我社与常沙娜教授取得联系，并达成出版《常书鸿全集》的共识。随后，在诸多师友和研究机构的关心和支持下，《常书鸿全集》列入"十三五"国家重点图书出版规划项目。五年过去，全集文字部分几经补录、修订，图片不断梳理、甄别并扩容，十卷逐一成形，终于迎来付梓问世的时刻。

这套全集完整呈现常书鸿先生在敦煌学领域的非凡成就、在绘画艺术中的远见卓识，以及他饱含爱国热情、久经戈壁风霜的传奇人生。为方便读者领略常先生多种成果，查阅常先生各类作品，全集以文章所涉题材和体裁为分卷标准，分为如下十卷：卷一《敦煌莫高窟艺术》收录常先生关于敦煌莫高窟艺术的概述性文字,介绍其源流、内容和特点等;卷二《敦煌壁画漫谈》收录其关于敦煌莫高窟壁画、图案等的论著;卷三《敦煌彩塑纵论》收录其简述、研究敦煌彩塑时代特征和艺术成就等方面的文章;卷四《新疆石窟艺术》收录其对新疆石窟实地调查而写成的完整著作,介绍古龟兹国、古焉耆国和古高昌国这三个地区的石窟分布、创造年代和艺术特点;卷五《敦煌的光彩——常书鸿、池田大作对谈录》收录其与日本知名学者池田大作对谈的内容,涉及敦煌艺术和文化交流;卷六《敦煌,敦煌——常书鸿自传》收录其个人自传、大事年表和著述简表;卷七《从希腊到中国》收录其不同时期的译著、译作,主体内容为常先生受郑振铎委托,翻译的法国历史学家格鲁塞关于中西方文明的文化随笔集;卷八《真与美散记》收录其散文、艺术评论、书信等;卷九、卷十分别为《常书鸿画集》的上下册,上册收录其油画作品,下册收录其水彩、水粉作品、临摹作品和素描作品。为清晰再现常先生艺术成长、学术成就之路,各卷图文主要以发表、创作时间的先后排序。可以说,这套全集基本覆盖了常先生一生著述的各个方面。

需要说明的是,全集在编辑过程中,充分尊重常先生作品的本来面貌,相关文字尽可能参照敦煌研究院 2004 年所编的《常书鸿文集》,但由于汉语的发展、知识的更新,此套全集依据现行的出版规范,对相关内容进行了如下处理:(一)对错字、漏字、古字、异体字等进行订正;(二)对个别不准确的史实和表述,以"编者注"的形式予以辅助说明。

回望全集的出版过程，起步艰难，途中曲折，其间冷暖，难以言说。是常书鸿先生奔赴敦煌的决心，召唤我们排除万难、全力前行；是常先生坚守大漠的韧性，勉励我们埋首书堆、耕耘至今。这一路，我们始终被"敦煌守护神"的精神所滋养，也被诸多关心敦煌学成果整理的机构、人士所感动——饶宗颐先生、樊锦诗院长、柴剑虹先生百忙之中多次给予专业指导，常沙娜教授九十高龄仍为推动全集出版不遗余力，赵声良书记及敦煌研究院倾力支持画集编选、正文配图，霍旭初先生和新疆维吾尔自治区克孜尔石窟研究所为卷四提供大量照片，陈志明先生多年来持续发掘常书鸿尘封之作……另有许多无声或有形的扶助，因篇幅所限，无法一一致谢，敬请谅解。我们对诸位的诚挚谢意，已融入十卷书中，深沉，长久。

对于全集的编校工作，我们虽尽了最大的努力，但限于学识，难免存在疏漏、差错，恳请广大读者批评指正。

《常书鸿全集》项目组

2022 年 1 月